AF364311

DEL SER, ESTAR Y PARECER

ExLibric

JOSÉ LUIS MÁRQUEZ MARTÍN

DEL SER, ESTAR Y PARECER

EXLIBRIC

ANTEQUERA 2022

JOSÉ LUIS MÁRQUEZ MARTÍN

DEL SER, ESTAR Y PARECER

A mis padres, Luisi y Antonio,
leales cómplices de ideas compartidas.

Prólogo del autor

Con el oficio anclado a mis sentidos he escrito estas narraciones a las que he titulado *Del ser, estar y parecer,* un compendio de semblanzas rescatadas del ensueño y confiadas a su conocimiento por lo mucho que tienen que ver con el enigma del ser humano, con su condición o simplemente con la propia imaginación y, a veces, fantasía.

Considero que muchos son los factores que condicionan la vida de las personas: la enfermedad, la pobreza, la riqueza, la envidia, la virtud, el destino, el odio, la lealtad, la traición, la amistad, los sueños, la calamidad, la alegría, la exaltación, el amor, la conciencia, la suerte, el triunfo, el fracaso… Todos ellos ingredientes enigmáticos, a veces mágicos, fluyendo como un torrente por el devenir de las relaciones humanas hasta reducirnos en dos especies de blasones: buenos y malos.

Índice

Santones diabólicos

El hombre que ciega la verdad
no merece entrar en el reino de los cielos.
José Luis Márquez Martín

En el efímero y adventicio tiempo que nos toca vivir, resulta ciertamente inquietante la presencia de ciertos individuos que, con independencia de género, nos resultan incómodamente ominosos. Seres cuyo objetivo principal consiste en hacer imposible la vida a sus congéneres hasta menoscabar su propio bienestar. Con ellos nos podemos tropezar cohabitando en cualquier lugar incluso de manera intangible y surgen de forma incómoda y en el momento más inesperado. Incluso los puedes abrigar en tus barbas toda la vida sin sospechar de su atraganto. Su instrumento más cotizado suele ser la falacia, y el móvil de esa irrefrenable actitud, la envidia, el medro personal o, simplemente, la nada.

Yace furtiva una nube sobre el cielo
que por un tragaluz atraviesa sin su venia,
agujero de hielo penetrando
atado a un ruido triste de leyenda.

Allí merodeas como tartufo,
castrando la amistad de los que osan,
ruin y cobarde, empañando la historia
con tu sierpe de mentiras, patrañas y lisonjas.

Bebes, tirana damisela,
de envidias amasando tu caudal,
igual que los más educados canes
en moradas de ruindad.

Que Dios me soslaye el mal trago
de compartir un día tu jugo,
cicuta ilustrada de palacetes,
reinona de los conjuros.

Cuando Dios creó al hombre y a la *hombra* —con lo bien que suena la mujer—, o sea, a nuestros padres Adán y Eva, por ese orden, salvo que a Eva le hiciese infeliz el orden de los factores, cuestión banal porque huelga decir que ella estaba inmersa en otros menesteres más existenciales, lo hizo según confiesan las Sagradas Escrituras, a su imagen y semejanza. Empero, la Divina Providencia no habría de percatarse de que el cojo comportamiento de alguno de los seres de su creación supondría la privación del bienestar y felicidad de toda una parte de eso que nos empeñamos en llamar humanos.

Por eso, tiendo a decir que son santones diabólicos esos maliciosos que, al contrario de la clarividencia de los corrientes, actúan de manera silente con el indeleble propósito de fabricar la ignominia sobre sus semejantes, no cejando en la cuita hasta verlos naufragar en la más absoluta de las melancolías. Como parásitos consumados, aguardan pacientes y sin tiempo definido la desdicha de los otros, para irrumpir como un huracán sobre el bloque de sus debilitadas defensas.

A lo largo de nuestra vida nos hemos topado en alguna ocasión con este tipo de entes no tan extraños. Seres a los que has tratado con el máximo respeto, a los que has admirado y por los que has mostrado un cariño especial. Nada recíproco. Con seguridad darán con el sujeto o sujeta del que les hablo. Utilizan frases corteses y comportamientos extremadamente cuidados y educados. Son capaces de sostener una puerta más de dos horas como implorando perdón por ceder el paso a sus prójimos con tal de sentirse honrados y bien educados. Parecen botones de hotel si no fuera por su cuidada vestimenta de yupis refinados. Solo ayudan cuando el interés les supera y la víctima se encuentra indefensa, haciendo garbo a los demás de su benefactora acción, que no es sino usura. Su malignidad se esconde bajo este velaje de buenos samaritanos, de angelicales cupidos de alas de algodón y carcaj repleto de besos que no son sino puñales afilados.

Cristianos de etiqueta infaman los domingos los atrios de las iglesias para rogar por sus familiares y por sus buenas acciones. Con Biblia en mano y el *Quijote* por bandera, dan lecciones venturosas de lo que no han llegado a discernir. Siempre a la sombra del poderoso, contra el que nunca osarán enfrentarse si antes no ha caído en desgracia y se encuentra recurrentemente indefenso. Tartufos de despacho mantienen con su gente una relación panóptica de entusiasmo sibilino y de sublimes espurios.

Engañan a sus consortes, a los que hacen la corte en sociedad mientras se exhiben jactanciosos con otras, u otros, en lugares ocultos. Falsean e inventan a sus amigos, alertados en buscar coartadas que liberen la desdicha de su conciencia.

Cual calostro anunciando el ego,
agitando alas de dormido rezo,
descansa un espíritu en el cielo
de las huestes y brasas de un guerrero.

Salid, pues, miedos de esa guarida,
matar de agonía es vuestra muerte,
humillar al débil más que inerte
a fuego manando sus heridas.

Y así aún la vida despereza,
entre llantos, las rosas y denuedos,
por caminos y velos de tristeza
de esta agonía sin trincheras.

Dejad, pues, subir cielo a la hoguera
que el fuego agite sus tinieblas,
el castigo amargo de los vivos,
y el perdón misericorde de los muertos.

Al final espero que Dios, al que no niegan su existencia, dé a los psicópatas merecido cobijo donde nunca lo debieron ostentar. Que el cielo mida sus pecados, porque de verdad no es odio, ni siquiera rencor, simplemente justicia.

La escalera del tiempo

Volver a mi vida pasada, extasiarme en una nada,
y llorar sin saber por qué.
José Eusebio Caro

Nadie supo jamás si aquella escalera desgarbada, inflada de abates y memorias veladas tenía realmente corazón. De igual forma se ignoraba si sus peldaños vencidos y quebrados se extendían hasta el cielo o si, por algún ignoto sortilegio, se suspendían para ocupar algún regazo ausente dentro de su ignoto recorrido. Lo único cierto es que, por sus tramos cortos, familiares y semióticos, transitó hasta la saciedad una muchedumbre de lo más dispar, a veces ausente y otras, simplemente, vecinal. Igualmente, se conocía que por el entramado de sus barandales una ristra de bombachos descosidos surcaron con denuedo su espacio como si de una pista de equilibristas se tratara. Esculpido a ras de su superficie de viejo latón, se podían discernir las huellas fosilizadas de innumerables pulgares y meñiques, y hasta con ventura, vislumbrar la uñada de algún que otro vertebrado ahora encarpetado.

La escalera a la que honro fue cómplice de innumerables episodios notorios, de trajines de alcoba, de pisadas de antaño. Testigo de tropiezos y de torpes caídas. Compañera de juegos de traviesos chiquillos. De bulliciosos rellanos de encendidos mentideros. Doctorada en conversaciones vecinales que a veces desembocaban con furia de barrio en acaloradas e irritantes discordias y disputas.

Un chiscón como ella, viejo y macilento, le servía de compaña a orillas de su modesto pedestal. Un chamizo eterno y diminuto, repleto de cachivaches deslustrados y de misterios ocultos.

Por allí, comenzó a ascender la luz de la ilusión. Las bombonas refulgentes repletas de gas, transportadas sobre los sufridos hombros de tenaces braceros. La sangre adolescente surcando las lozanas paredes revestidas de estuco. Los nacientes electrodomésticos que incitaban a los entes familiares a la modernidad y al bienestar. Y, por allí, por su propio tramado de infinitos sucedidos, acabaría descendiendo recluido en un entumecido y gélido velo de ataúd el cadáver desgarbado, abatido y mórbido de la emblemática escalera.

El vago

*La vagancia apareció cuando una silla
llamó a una puerta y un inconsciente se sentó.*
José Luis Márquez Martín

Soy vago. Vago por naturaleza. Un vago nada indolente que transita por este albur desde su edad más embrionaria y primigenia. Se podría decir, sin ningún tipo de doblez, que la haraganería es tan afín a mi existencia como la noche lo es al día o como la misma vida lo es a la muerte. Y es que ante la interrogante de si un vago nace o se hace, en el caso que nos atañe, lo soy por mero linaje, por pura alcurnia. Mi pereza, nada similar, me ha granjeado un sinfín de avatares dispares a lo largo de mi trastocada existencia, algunos venturosos y propicios, pero otros, en su mayoría, desafortunados e infaustos.

En mi descargo debo blandir que lo que me ocurre con la desgana no es por voluntad propia ni producto acaso de la casualidad, sino por pura razón atávica. Mis ancestros, todos mercachifles en las huestes gubernativas, ya eran unos prosélitos buscadores de placeres, ociosidades y medro personal. Habría que considerar que esta indolencia génica se llegó a fraguar en el ADN de tan pintoresca estirpe a perpetuidad, con la energía lógica de la garrapata asida al gollete dispensado por algún cánido faldero. Por eso, deduzco que pertenezco a esa clase de aristocracia vital, cuyo deseo tedioso constituye uno de los privilegios más codiciados de cuantos pueda ofrecer nuestra existencia.

El doctor Albert Stendhal, un neurocientífico especialista en ingeniería genética de la Yale University, denominó la interrogante como el «mal de la pachorra en genes distraídos» o virus del «VP-GD en cadena abstraída». Este extraordinario hallazgo residía en el principio activo de la selección natural que Darwin ya desarrolló en sus certeros estudios, al constituir esa zona de confort el germen propiciador de tan acusada holganza. Un metabolismo que había derivado en representativos eslabones genéticos de naturaleza apática, indolente y tarda. Según los estudios desarrollados por Stendhal, se trataba de una combinación de agentes aminoácidos y proteicos, represores activos de lo que constituye sin duda la fangosa zona de confort. Una extensión ganduléica y perezosa de bienestar identificada y engullida por la propia selección natural, como pudiera ser la generada por un agujero negro con la absorción de las cósmicas galaxias.

Mi indolencia ante la vida es notoria y manifiesta. Siempre he tenido la firme convicción de que aplicarse en determinados terrenos, como el caso de los estudios, me acarrea una merma inexorable en mi tejido neuronal de mi cimero y esquivo cerebro, provocándome anejamente una proterva y a la vez incomodísima crisis jaquecosa. Por tanto, no soy partidario de iniciarme en los estudios, labores y ensayos, de cuyas garras he huido siempre como un auténtico poseso. Sin embargo, sí soy amigo secuaz de la lectura, devorando los ejemplares igual que una manada de hienas lo hace con un rebaño de nobles gacelas.

De la progenie mejor ni hablar. He sido progenitor a la estimable edad de los sesenta y, para mi pesar, por triplicado ejemplar. Tomo el quebranto con filosofía, sin inmutarme lo más mínimo. Con la misma rutina que se confiere al hecho de haber introducido un folleto en el aparato reproductor de una distraída fotocopiadora. Este tic generacional. Ese instinto adormilado por la conservación de la especie, como he señalado, no me contraria en exceso, pues en el terreno material, la parturienta y el servicio doméstico se encargan de mi desatención, ahuyentándome de cargas tan primarias, de fantasmas tan cotidianos como son: el suministro de biberones, los continuos cambalaches de pañales, las inagotables noches de vigilia y desvelos y, en fin, todos esos hábitos consustanciales de exquisitos cuidados que manejan, con más o menos tino, todos los progenitores que se precian. No obstante, lo que siempre me ha resultado incógnito y, sobre todo, reprochable a la madre naturaleza es que haya dotado al acto sexual de convicciones tan perdularias y, en esencia —juro por lo más sagrado—, de tan acusado sofoco físico. Puedo afirmar, sin temor a equivocarme, que me parece excesivo consumo sistémico para un regocijo tan exiguamente prorrogado. Me parece poco cuando ha dado a su fin. Tal vez sea como todo, o todo sea como eso: algo finito. Sin embargo, debo elogiar su infinita capacidad de persuasión, pues este acto de embriaguez natural desafía con arresto titánico al séquito de embates que nos depara el caminar de la vida. Los más desfavorecidos seguro han de saberlo bien, pues es esta esencia natural lo poco que a ciencia cierta les pueda generar la vida.

Puedo parecer un ser petulante, e incluso puede que inhumano, o como dirían los ilustrados un *lusus naturae*, pero he de manifestar que nunca malgasto mis energías si la acción no lleva implícita una comisión más postergada. Es lo que denomino deseo y acción diferida. Por eso me es tan grato degustar un rico marisco o un excelso asado desfalleciendo de placer, mientras las viandas transitan relamiéndome el feudo de mi paladar, sin atender a la cantidad y sin aprecio al tiempo empleado, y siempre acompañado de una copa de vino extraordinario, cuyo delicado *bouquet* corone sin reparo mi dichosa holganza.

¡Y qué decir del sueño! ¡Duermo a pierna suelta! A cualquier hora del día o de la noche e invariablemente de la estación del año que se trate. El emplazamiento para mí no es algo transcendente, lo mismo dormito en la cama de un distinguido hotel como, autocomplaciente, en el asiento trasero de un camión cargado de miles de grillos cantarines. Reconozco, eso sí, que los períodos de letargo son inequívocamente excesivos si los careamos con los que necesita cualquier otro mortal para verse realmente descansado.

Pero, en definitiva, ¿a quién ha de incomodarle mi suerte? ¿Acaso a la muerte? Porque en verdad, en esta vida, son contados los que se preocupan de adormilar la fatalidad de otras gentes. Y si se refiere a la mía, ¿por qué habrían de molestarse?

El señor Aspirina

Casi todos los hombres mueren de sus medicinas,
no de sus enfermedades.
Molière

El señor Aspirina nunca padeció enfermedad crónica alguna. Es más, la noche que se le hartaron las entrañas no mostraba siquiera respiración afanosa, síncope o estornudo que hiciera presagiar tan fatídico episodio. Y no era para menos, porque los anaqueles del señor Aspirina estaban siempre surtidos de recipientes repletos de grageas de dispares tiñas y espesores. Incluso el vestidor, en otra hora empleado en la ocupación de su vestuario más íntimo, cedía sin tapujos a montañas ingentes de comprimidos, emulsiones, pequeños viales y empalagosas ristras de insospechados bebedizos y siropes.

Bajo un orden estricto, las redomas de plástico para jarabes se alienaban en los estantes con chispeantes frascos de cristal de incógnitos formatos y colores. Recipientes dispuestos para dispensar nada menos que órdenes mínimas de unas diez a cincuenta mil unidades. Un edén secreto y umbroso de riquezas que revelaba la verdadera destemplanza del señor Aspirina, un abrigo que no lograba menguar un ápice la angustia acentuada de su repulgo enfermizo.

La vida del señor Aspirina era bien calamitosa, como lo atestiguan los hechos que se precisan. Siempre inmerso en un universo gris de agentes microbianos a cual más astuto y taimado. Todo emergía inicuo a su alrededor. Un umbral perverso bajo la presión de la aprensión. Cientos, miles, millones de gérmenes morbosos refocilando el aire de contagios y afecciones. Agazapados, en cuclillas, prestos al acecho de burlar las trincheras enemigas.

Pero no, eso no le sucedería al señor Aspirina nunca más, porque los comprimidos de los piadosos remedios recién se embragaban ya en sus revesadas y rezongonas tragaderas. Y si para su acallo no era arreglo, allí, frente a la destartalada gramola parlante, colmada de hosannas y más glorias, se confiaba, a manera de moscatel, un mejunje aromático de dudosa naturaleza química que la yaya Dolores empleaba sin sutilezas al efugio de jaquecas, traspuestos males de ojo y súbitos ataques de hipo.

El señor Aspirina solía recalar, con insistencia senil, dos o tres veces por semana en la consulta del doctor Salud. Siempre endomingado, se hacía acompañar por una copia, refugiada bajo el brazo, de la primera farmacopea impresa del mundo, requisada de los viejos archivos de una recóndita biblioteca agachada bajo una acera del centro de Florencia. Cuando el señor Aspirina franqueaba la cancela del establecimiento clínico, el galeno ya le estaba dispensando, de manera sospechada, algún remedio prodigioso que espantara los ilusorios quebrantos de su profundo sinsabor. A veces sobraban las salutaciones, las cortesías o los modales cívicos. Ni siquiera faltaba la sospecha de una mueca de convenida urbanidad o de una sonrisa de conmiseración.

Las primeras visitas al dispensario se antojaban formales, pero con atisbos vaticinadores de naderías. Que si esto me dolía. Que si aquello me punzaba. Que si lo de más allá igualmente me ocurría. El facultativo, resignado en la trama, palpaba con adecuado miramiento, auscultaba con denuedo, buceaba con locura por el cuerpo del señor Aspirina y de resultas, como un círculo vicioso, prescribía en vano.

Con el caminar del tiempo, la inacción del doliente aspiraba, con cálculo pesimista, a burlar el agudo olfato e ingenio clínico del docto. Entonces asomaba el resquicio de algún bacilo inédito, de alguna enfermedad huérfana rebeldemente consuntiva, extraña o frívolamente exótica. La aprensión de nuevo vencía la voluntad del señor Aspirina. Le confesaba que era imposible engañarse más porque, en definitiva, algo terrible habría de sucederle.

El doctor Salud renunció a entrar en plática con el señor Aspirina, a convertirse en un simple cacareador de preparados genéricos, a llegar desesperadamente a un diagnóstico cierto. ¿Para qué exhortarle? ¿Acaso conseguiría cambiar su tozudo desatino? Pensaba que las dosis de remedio, de orden terapéutico, no eran sino las que el otro quería convenir, es decir, una simple influencia inconsciente de sanatorios, de accesorios de botica que apaciguaran su neurótica condición de persona extremadamente aprensiva.

Andando el tiempo, los soliloquios se le hacían más ostensibles al señor Aspirina y, engullido en sueños, solía remediar: «¡Acabaré postrado a los estragos del microbio! ¡Convertido en un infame e inmundo merendero de cretinos gérmenes virulentos! ¡Canallas desaprensivos! ¡Os odio hasta la muerte!».

Así de rugosos se teñían los presagios del señor Aspirina, hasta que un día de anochecido el vientre se le mostró extremadamente ancho y bien quejoso. Después de unas contracciones involuntarias, el gemebundo, en un delirio de desarreglo, quedó repentinamente postrado en la posición dinámica decúbito supino. La boca ensalivada de ponzoña y fragancia oscura, que emergió por las comisuras de los labios, igual que el magma de un enfurecido Vesubio. Circunstancia que hizo merecer con quisquilloso rigor el doctor Salud, en el relevamiento de la inspección ocular.

El dictamen avanzado del informe forense describía parte del cuadro pericial de tal forma:

«Tremebunda babada biliosa, ennegrecida, informe y ostensiblemente tenebrosa progresa por la armadura de la cámara torácica hasta sumergir por completo la sistémica comunidad del indolente organismo...».

Tanto remedio se le llegó a amotinar en el vasto abdomen al librado que el empacho atareó la hidropesía. Un calambre de intestino fatal y certero que dio por sofoco al espantoso acabamiento. Transidos los ojos, de súbito, se le desajustaron, dándoseles de suerte ambos de través. Mal mirados y esquivos, emergían como hastiados. Los miembros se le compusieron repentinamente de rigor. Desnudos de franca humanidad. Tiesos. Firmes. Como de garrote.

El señor Aspirina no murió de enfermedad, sino de no tenerla. Se le encabritaron los adentros, las mismísimas entrañas de tanta mala compañía.

La envidia rosa

*En la medida en que los hombres son presa de la ira,
la envidia o cualquier afecto de odio, son arrastrados en
diversas direcciones y se enfrentan unos con otros. Y como los
hombres, por lo general, están por naturaleza sometidos a
estas pasiones, los hombres son enemigos por naturaleza.*
B. Espinoza, *Tratado Político*, II-15, p. 92

Era de color fucsia. Intenso, rotundo y sutilmente arrebatador. Un polo de reseña confeccionado en hilo de algodón por el que suspiraba desde que lo descubriera meses atrás en el escaparate de una tienda de lujo del *downtown* londinense.

Al fin, después de un curso de gastos menudos y prudencia económica, pues andaban difíciles los tiempos, podía disponer de ciertos ahorros para enfundarme tan reverberada prenda, porque sin duda lo era, al tratarse de un modelo exclusivo lanzado por la marca con motivo de su meritorio 75 aniversario. Todo un lujo soportable para mi personal delectación.

Enderezando el rumbo por la flamante Brompton Road pude adentrarme en los emblemáticos almacenes Harrods, donde un gentío indisciplinado se revolvía entre los múltiples *stands* para hacer suyas las rebajas tan divulgadas a través de los distintos medios publicitarios. Una cuestión, esta de los saldos, demasiado decorosa para la preclara mentalidad inglesa, salvo por la circunstancia singular de rentabilizarse en tan excelsos bastimentos.

Realmente no había sido uno de mis mejores días. Más bien una jornada aciaga. Debía admitir que dicha circunstancia sobrevino de esta manera tras algunos encontronazos con varios compañeros y un desafiante jefe, que especulaba sobre mi falta de criterio al abordar las exigencias requeridas por cierto dechado de clientes; sin embargo, la alegría asomó en mi rostro, desvaneciendo estas fútiles pesadumbres, cuando el espejo del departamento de ventas reflejó sobre mis hombros tan codiciado enser. Me sentía ciertamente seducido, resplandeciente e insigne. Incluso percibí, no sé si producto del hechizo, cómo las paredes del establecimiento comenzaban a rezumar un rosa enérgicamente insondable.

Tal era la excitación que la dependienta sorpresivamente se me reveló envuelta en un halo de sublime gama de color. Su flotante cabellera, sus rasgos premiosos, sus manos y uñas, sus piernas aceradas, sus gentiles gestos, todo me era rosa. Inmensamente rosa. Igual que la habitación dispensada a las empalagosas princesas de los cuentos infantiles que mi sobrina Susan ya principiaba a silabear con singular encono.

La dependienta, dirigiéndose con gentil urbanidad, me auxilió en cuestiones varias como talla y aspecto, para después ensalzar mi elegante y distinguido porte. Respondí a sus considerados cumplidos con un atisbo esquivo aunque sugerente. Ella me halagó con una mirada rosada, para después incitarme a empaquetar mi fatuo efecto.

Al salir de los almacenes, repentinamente me dominó una embriagada sensación de bienestar, una satisfacción espiritual, un gozo divino. Con esta emoción arrebatadora atravesé la niebla silentemente sonrosada que ya vestía el interior del Hyde Park y que apenas me hacía distinguir los puntos luminosos de sus ardientes farolas centenarias. Al llegar a mi apartamento de Broadley St., desempaqueté la prenda y, acto seguido, la deposité con exquisito mimo en uno de los estantes del vestidor. Tras la requisa, prendí el celular y llamé a mi pareja, Xyo Tyler, una chica distinguida, bonita y sumamente reservada con la que me dejaba ver hacía más de un año y de la cual, disculpen por la osadía, colmaba mi corazón de un extraño enamoramiento pleno.

Me había llevado trabajo a casa para el fin de semana, por lo que no nos podríamos ver hasta el lunes a la hora del almuerzo. Fueron dos días de intensa labor poniendo en plazo una montaña de prolijos y execrables albaranes.

Ya en la noche, mis sueños transitaban con una excitación adicional en medio de la oscuridad. En mis fantasías el polo se me aparecía febrilmente sobre los hombros, envestido en las paredes del salón, enfundado en mi auto e, incluso, revestido en las medianeras de algunos edificios colindantes.

Era asombroso cómo aquella prenda rosada hacía volar mi imaginación hasta límites insospechados colmándome de un placer nada equiparable. En la vigilia recelé sobre enfundarme el estimado polo o presentarme en la oficina formalmente como acostumbraba. En la apuesta, el vestidor se me revelaba de una luminosidad infinitamente rosada, apoderándose de mí de una manera absorbente e irrefrenable. Al fin, como buen augurio, accedí satisfecho al hechizo del destino y me envolví en aquel maravilloso polo de marca. Me miré al espejo y mis ojos se llenaron de plena satisfacción. ¡Me sentaba a las mil maravillas!

La prenda de patrón estudiado, tanto en forma como en simetría, contaba con unas líneas sinuosas que se amoldaban cabalmente a mi torso. Pensaba en la aceptación que pudiera tener entre mis compañeros, algo que me incomodaba, pero no en exceso, pues me convencí de que se trataba de una pasajera estratagema neuronal.

A las 7 a. m. hice mi entrada rutilante en el edificio de la Walt Mart Stores, situado en el número 9 de Waterloo Pl. A pesar de la hora, aún temprana, la mayoría de mis compañeros ya se desenvolvían por las mesas trasladando informes de un lado a otro con la vehemencia de autómatas enfermizos.

Entré en mi despacho y después de acomodar tanto ideas como enseres, abandoné la estancia para procurarme una redentora taza de Coffee Morgan & Honey, marca doméstica que se había instalado en mi familia desde la impronta de tres generaciones por filiación paterna, todos amantes empedernidos de tan placentera sustancia. En los pasillos aprecié cómo las cabezas se giraban con señales inequívocas de curiosidad. *Sir* Michael Lambard, un banquero vestido siempre de prudencia, me observó con aura de arrebato. Ya en la cocina y con la taza en mano, me encontré con otros compañeros que me saludaban de manera fingida e incluso percibí cómo los comerciales, Eric Miller y Ashley Wells, evitaban la posibilidad de un virtual encuentro. Sus miradas huidizas resbalaban sobre mi rostro para centrarse sin remilgos y con una impunidad crecida en mi torso arduamente horadado. Me sentía realmente incómodo ante la perspectiva del vacío, ardiendo en deseos de gritarles que estaba allí y que mi otro yo no era más que una banal prenda de vestir. Al final me contuve lo suficiente para que no me tomaran por un loco. Mientras regresaba hacia mi despacho, me crucé en el pasillo con *miss* Margaret, la secretaria del flemático Mr. Infante, una mujer menuda, vacía de caderas, ciertamente simpática, respetuosa y siempre atenta en todo lo concerniente a achaques de cortesía y educación, la cual pasó por mi lado ajando el manido aire con un halo de insolente indiferencia. Al voltearme aprecié cómo su mirada, ahora maliciosa, se había incrustado sin ningún tipo de pudor sobre el cocodrilo que me colgaba de la solapa, tras lo cual comencé a experimentar algo que me pareció realmente insólito. A la misma altura, sentí una serie de tracciones perturbadoras, unos prudentes vahídos que venían alterados por el cocodrilo que reivindicaba el ADN de la marca. En principio pensé que los latidos del corazón se habían desmandado como respuesta al acoso, pero mi perplejidad se desbocó al advertir que el animal totémico, zurcido sobre la fina costura, se afanaba en la batalla de redimirse del hilado inquisitorio que le maniataba, ya fuera con impulsos de cola, ya propulsándose con las patas traseras mediante uñadas y pellizcos. Durante unos instantes pude advertir cómo los arrastres se sucedían hasta incluso lograr enarbolar la camisola.

Me sentía contrariado, así que me confiné en mi despacho por un espacio prolongado, atisbando si aquella pesadilla no sería sino producto de una locura repentina, de una apreciación demasiado vaga o de una verdadera alucinación. Ante el caos, intenté concentrarme todo lo que pude en el trabajo. Me llevé las manos hacia el pecho palpando mecánicamente con los dedos la costura, como si quisiera apartar con ello el sedimento de la sospecha. Todo en reposo. Ningún cosquilleo. Ninguna contracción.

Apesadumbrado, suspiré con fuerza antes de telefonear a Xyo Tyler. Sin duda, nuestro almuerzo en un restaurante exótico, creo que balinés, debería demorarse. Tal vez sería para el miércoles o jueves. La verdad es que no puso ningún reparo, aunque, eso sí, la premisa añadida era que yo me encargaría de abonar la cuenta. Un axioma más de que las mujeres tienen siempre la cabeza en su sitio y que solo en contadas ocasiones consiguen malograr.

Al mediodía, el apetito pudo con mi continencia, y a pesar de lo embarazoso del entorno, decidí acercarme al comedor habilitado en la segunda planta para uso exclusivo de los empleados. Los corredores, llenos de eco, presagiaban la hora del almuerzo.

Al sortear la cancela, instintivamente me apresuré a hacer un cálculo ilusorio de las personas que se encontraban alrededor de las mesas. Este razonamiento sumatorio, maniático y neurasténico no era casual, pues menudeaba en mi mente desde fechas pretéritas como una matraquilla silente y siquiera pertinaz. Lo empleaba en cuestiones cotidianas inimaginables, como la referente a la sumatoria de los números inscritos en las matrículas de los autos, al número de peldaños de una escalera, al guiño emitido por los intermitentes de los coches y a un sinfín de cosas de lo más dispares. Una gimnasia aritmética, una meditación calculista que no me reportaba más placer que la de mantener ocupada la mente mediante estúpidos logaritmos.

Me aterraba la idea de que todos y cada uno de los compañeros me trituraran con la temeridad de sus miradas. Finalmente, deduje que serían unas cincuenta las personas congregadas en el recinto. Desde luego, un número superior al que en un principio hubiera imaginado. A la mayoría de ellos los encontré en pie mientras agraciaban sus platos con las viandas dispensadas por el magnífico *buffet*, dispensario que, hay que decir, cumplía sobradamente con las expectativas culinarias del paladar más exigente. A los otros los hallé acodados en sus mesas, con el cuchillo y el tenedor afanándose por prender las excelencias como premisa de tránsito hacia los adentros.

Como presagié, las miradas alusivas y al acecho se posaron de inmediato en mi polo hasta conseguir apocar al último leucocito oculto de mi líquido vital. Me sentía extraño, pues aprecié igualmente que incluso las cosas se sondeaban entre ellas con el propósito de recusarme. El escenario era perturbador y se había alterado susceptiblemente. Una extraña fosforescencia rosada había penetrado incluso hasta en aquellos rincones donde apenas alcanzaba la claridad del día. Las miradas, las bocas, las manos, los cabellos, los platos, las bandejas, los cubiertos, las penumbras…, todo parecía flotar en el aire, sumergido en un manto de chispeante color. Los rostros, terriblemente siniestros, se fruncían con la mirada en una mueca brutalmente maliciosa. Los ojos, enquistados, se obstinaban en la tarea ya inequívoca de carcomer mi prenda mientras un oscuro rumor presagiaba dentro de mí una espantosa e infalible fatalidad.

De repente, el cocodrilo maniatado por el minucioso y fabril zurcido se desprendió del remiendo con la vivacidad propia de un artilugio de propulsión, ocasionando de inmediato mi desplome con el cuerpo de través. Entonces, un estremecimiento me sobrecogió el corazón al contemplar cómo en pleno vuelo el reptil, en una prodigiosa eclosión, se espigó alcanzando una longitud aproximada a las veinticinco pulgadas. El gigantesco anfibio exhibía ahora sus terribles fauces batiéndolas en el aire como morteros a punto de ser detonados. Sus ojos de fuego, casi humanos, retráctiles, amenazantes y salientes, dominaban como en plena ciénaga cualquier maniobra que pudiera parecerle amenazante. Los empleados, estupefactos, palidecieron de miedo y aterrorizados quedaron inmóviles a merced de tan intratable fiereza. La infeliz *miss* Margaret, en un acto reflejo de supervivencia y audacia, corrió sobrecogida hacia la escapatoria, pero el leviatán, persuadido y encorajinado por la artimaña, descendió vertiginosamente y la arrinconó indefensa contra una esquina mediante el despliegue de su vigorosa cola. Tras la maniobra, clavó sus afiladas cuchillas sobre las carnes de la infeliz gacela. Girando vertiginosamente sobre su propio eje, devoró a la infeliz presa en un santiamén hasta reducirla a una escuchimizada osamenta. Las mandíbulas de la minúscula secretaria sonreían con candidez infantil como si todavía no hubieran asimilado lo tétrico de su bisoña condición. La macabra escena provocó una nube de desconcierto. Empujones y envites se iban sucediendo mordazmente entre los empleados hasta quedar ingenuamente requisados junto al resquicio de salida.

La respuesta del saurio fue fulminante. Enfurecido, propinó un sardónico aullido, cubriendo la escapatoria con un coletazo seco y rotundo. Su voracidad había recobrado el aroma fatal al desangre y así, entre siseos, bramidos y aterradores rugidos, el temible depredador abrió un camino sanguinolento despedazando, estrangulando y engullendo sin piedad a aquellos pobres desventurados. Sus poderosas mandíbulas dejaban poco margen al error, resquebrajando y triturando las masas insondables de carne. Un espantoso aquelarre de alaridos y gritos se apoderó del escenario. Los colmillos de la bestia, ensangrentados, relucían en sus mandíbulas en un rictus sarcástico, y sus sucias garras blandían jirones de carne con mezcolanzas de pelambre y cachos de tejidos teñidos en substancia vital. En esos momentos, me di cuenta de que, contrariamente a las costumbres de estas bestias, que engullen totalmente a la víctima, el execrable animal había reducido la parva de cadáveres a la nada de los huesos, a desnudos esqueletos negados para la eternidad de piel y de carne.

En pleno ataque de apoplejía, me refugié bajo el hueco dispensado en una de las ventanas e irrumpí en un estallido de risa histérica que se apoderó entonces de la sala. Persuadido por la felonía, el colosal animal posó la vista retráctil sobre mi desliz. Paralizado de terror y con síntomas de desmayo, pude sostenerme apoyando la espalda contra el cortinaje brindado por el ventanal. En el culmen de la exaltación, el cuerpo me empezó a temblar, los ojos se me nublaron y unas excoriaciones violáceas comenzaron a asomar en las palmas de mis manos. El cocodrilo, contrariamente amansado y desvaído, fue milagrosamente aplacando sus batidas espasmódicas hasta quedar totalmente entumecido. Aquella criatura desbocada que momentos antes se mostraba intratablemente violenta y cruel acudió hacia mí con la ternura de un cordero degollado, disolviéndose en el aire hasta acomodarse en su emplazamiento primigenio. Con curiosidad paseé la mirada sobre el enjambre de restos humanos apiñados bajo el hueco de la puerta. El silencio era sepulcral, hasta el punto de que la caída de un leve pensamiento habría originado un sardónico estallido.

Tras el trance del hacinamiento, surgió súbitamente un diminuto esqueleto que atropelladamente se fue amotinando respecto al resto. Era el de *miss* Margaret, la secretaria de Mr. Infante, que enredado entre tibias y peronés se abría paso con arrojo por el ahogo de las reliquias. Los zapatos, de un tacón arrogante y temerario, habían sobrevivido al ataque monstruoso, vistiendo mínimamente los quebradizos huesecillos de sus fugaces pies. Encaramados sobre el entarimado de madera crepitaban vigorosamente a eco. La secretaria, mientras se afanaba en enderezar el rumbo, accionaba sus mandíbulas de manera natural, articulando en el aire palabras huecas, cuya sordidez parecía rechinar entre sus dientes. Los huesos de sus brazos iban acentuando sus soflamas. Ademanes casi eufóricos que iban modulando la atmósfera de chasquidos secos, igual que un burlesco juguete de anatomía.

Tras el traqueteo se alzó un universo de dientes de acero, de armaduras solitarias. Un campo de figuras semianimadas que miraban sin distinguir y oían sin aguzar, vagando por la sala como lémures alentosos con el paso cachazudo, extraviado e incierto. La escombrera de osamentas articulares y dotadas de cierta motricidad deambulaba incontroladamente, entrecruzándose y originando tropiezos imprevistos que envolvían la sala en un universo aparte, en un rosario de intersticios y rumores achicadamente precipitados. Al cabo, como si recobraran la razón, se fueron disciplinariamente acomodando alrededor de la comida con muestras de un apetito insaciable. Las falanges de las manos, desiertas de vigores, asían los cubiertos al compás. Mientras, las viandas capturadas irrumpían en el hueco de la boca para desplomarse en el suelo sin rozar siquiera las hendiduras dispensadas por los profanados costillares.

Miss Margaret, que había inspeccionado mi polo con el mismo tino del sargento abnegado en supervisar su tropa, refugió la vista sobre el aplacado demonio con los ojos pendiendo fuera de sus minadas hornacinas. Posteriormente, con la habilidad de un matarife, asió un estilete y comenzó a dibujar molinetes en el aire con el firme propósito de descuartizar la fiereza de la indómita alimaña.

Para su convicción, un disciplinado regimiento de quebradizos esqueletos, a los que solo restaba dar sepultura, la secundaba con paso ignominioso esperando el asomo de algún gesto o consigna que los hiciera acaso más vivientes.

Armados con cuchillos culinarios, chasqueaban sus osarios desmañados, de aquí para allá, entre el aire de olor a muerte y el rezume de las pertrechas inmundicias esparcidas sobre la superficie del pavimento. Yo abandoné horrorizado aquel hechizo, con la impronta tejida al cuerpo, vagando sin descanso, a la deriva. Toda una vida desbandado como alma fugitiva al encuentro de paraderos desconocidos que me aportaran sosiego o un menudo remanso de paz. Resignado en la convicción de que, al menor esbozo, la delineación propuesta por la condición humana volvería a percutir en mí de manera mezquina y execrable.

Pero una visión aún más aterradora me acechaba en el tránsito de la noche, y era la sospecha de que tras mi muerte, la espantosa vorágine de cuerpos regresados y disímiles pudiera seguir emboscándome durante la infinitud de la eternidad. Tal es la asechanza de la envidia. De la envidia rosa.

La gloria de Curro

Y la muerte que aparece de repente…
José Luis Márquez Martín

Muleta en mano, el maestro respiró profusamente el aire celosamente tenue y embotado del coso taurino. Por su voluntariosa nariz hegemónica de torero ancestral transitaba un grumo dispar de vahos encontrados, los cuales le infundían un coraje especial en el ser de cada lance. Las misturas del jazmín de primavera y el chagrillo andaluz rivalizaban con los perfumes de las damas, y los aromas tibios de azahar, con el silente efluvio de la alimaña. No eran desconocidos para su hidalgo resalte los recurrentes vapores que envolvían la eximia feria abrileña. Algo que lejos de disuadirle le inyectaba un coraje más palmario a su condición de diestro sobresaliente.

De nombre Caprichoso, el bravo bovino bramó al encuentro del engaño natural con casta y nobleza. La arena espantada de dobleces desvistió el coso rechinando con viveza contra la inflexible barrera del incógnito tendido. Mientras, los olés soberanos brotaban como rosas al compás de los lances de cada una de las suertes.

Ya en el zenit de la fiesta, el pasodoble apuró la última nota. El traje fastuoso del maestro centelleó en el coso igual que una llamarada furtiva, para perderse entre el discurrir lírico de un desierto de gente. El tiempo se contuvo en un instante de mutismo.

El diestro, seguro de su oficio, se imbuyó en las profundidades de la muerte, y en el aguardo, los corazones del gentío se contrajeron en un puño frío de hielo y metal. Aunque el estoque trepidó sobre la palma rezumosa, la carne bravía y bruna de la bestia se descosió ardiendo de delirio en un rezo instintivo. El astado asesino seccionó el valor del maestro y el estoque suicida desoyó la casta del morlaco.

Curro, agonizante, ya en la gloria, trataba de serenar a su cuadrilla rozándoles el corazón con torpes gestos de las manos. Para entonces, los aleteos de triunfo enlucían los tendidos sobrevolando la abarrotada plaza y los lamentos inmortales, sumidos al destino, se ahogaban en el tornasolado misticismo de la tarde.

—¡Gloria al maestro!

La conciencia de Dios

Hagamos al hombre a nuestra imagen,
conforme a nuestra semejanza…
Génesis 1, 26-27

¡A mi admirado José Rizal!

Mientras Dios erraba sobre la perfilada superficie del globo terráqueo, Flamenco, su fiel escudero, besaba los inmaculados pies del Supremo Hacedor con la pasión tributaria del que ciegamente afecta las dádivas surtidas por tratable benefactor.

—¡Oh, Dios omnipotente! Que llenas los hogares de los hombres con tu gentil presencia. Que calmas las desventuras de los menesterosos con la fe ciega por bandera. ¡Oh, Dios de los cristianos, judíos, islamistas, budistas, hinduistas y conversos ateos, sincretismo acomodado y dócilmente asimilado! Ten misericordia de los hombres y dales el elixir de la esperanza que con tanta vehemencia ahora imploran. Regenera al ser humano y haz que la apocatástasis entre en sus corazones ruines y a veces bondadosos. Ríete de sus nimiedades y ofréceles un rayo de esperanza para que sus almas brillen con la belleza incandescente de las milenarias estrellas. Yo, fiel súbdito, te imploro que despiertes tu conciencia y restituyas la paz en el alma de todos ellos. Y, como símbolo de esperanza, te entrego esta ofrenda de bálsamo de mirto y esta rama de cetrino olivo que dispongo para tu deleite.

—Bien sugieres, virtuoso Flamenco, mas yo, como ser supremo del universo, he de deliberar con tiento la mejor providencia. El futuro de la humanidad está en estas manos, mas por su flaqueza, el destino del hombre es del todo infausto y desventurado. No es buena consejera la urgencia y a esta tuve por discípula cuando lo creé. Tan solo un día empleé en tal empresa y todo por el orgullo de fascinar la razón tanto de mortales como inmortales.

La sinceridad de las palabras de Flamenco turbó la conciencia del Creador. Sus atributos, barbas y melena, se esparcían a través del universo como ríos de lava en busca de una respuesta ante el implacable designio.

Cuatro estaciones se sucedieron desde la confidencia y Dios, tras haber meditado, llegó a la conclusión de que debía solventar el contubernio que tanto agitaba el alma de los hombres, así que presto emplazó a Flamenco y le conminó para que todos los poderes del cosmos, semidioses, omnipotencias, musas, ninfas y fuerzas terrenales, acudieran al magnífico cenáculo. Una vez confinados, se emplearían en la fragosa labor de convenir cómo colmar a los hombres de una felicidad absoluta.

—He cumplido tu encargo, Supremo Hacedor —entonó Flamenco—. Tus humildes súbditos, en nombre de los mortales, te agasajarán en el sucinto plazo de siete días. Y sabed que, repletos de cortesía, obsequiarán al buen Dios con magníficas alhajas conducidas desde los lugares más recónditos de la Tierra. Con inciensos de la vieja Arabia, con vinos embriagadores de la inigualable Francia, con aceites de la sumisa España, con corales de los profundos océanos y con las frentes cubiertas de frondosos pámpanos.

—Bien te digo, Flamenco, que tendrás recompensa por tu fatigosa labor, mas todo caerá en vano si no enmiendo el extravío.

—No soy ser que aprecie en su medida las ovaciones y sus enaltecidos laureles, Excelso Hacedor, pero un retiro transitorio cruzando los confines de la Tierra por el piélago ancestral me reconfortaría de veras —recompuso Flamenco.

Al instante, una ciclópea carcajada surcó el firmamento dando Dios así por buena la simplicidad propuesta por su fiel siervo.

Llegado el día de la aguardada apoteosis, el Olimpo, morada perpetua de los dioses, se vistió de las mejores galas. Todas las comitivas se fueron instalando conforme a las premisas exigidas por Flamenco. Si bien Dios ordenó que los siete pecados capitales, apostados entre las fuerzas terrenales, se acomodaran frente a su mirífico trono cubierto de cenizas ancestrales. La apreciación del Supremo nada complació a los pacientes semidioses que, a pesar de la afrentosa providencia, se repartían en un semicírculo exquisito a ambos lados del Hacedor. Para no dañar más la enredosa estampa, tres de las nueve musas de las artes comenzaron a desplegar sus dotes artísticas con armoniosa belleza, modulando el aire encrespado de melódicas notas. Así, la frágil Euterpe blandió su flauta de morunos trazos; la plañida Erato, su lira de platino y marfil, y la danzarina y revoltosa Talía, su cautivadora viola. Poco a poco los ánimos soliviantados que tanto habían alterado el corazón de los semidioses se fueron templando hasta transformarse en sutiles halos afectivos.

Una vez fueron ubicados los convidados, cuya encomiable labor quedó abreviada en dos lustros, Dios, que portaba en su diestra un llameante rayo plasmático, extendió el brazo y abriendo la próvida mano lo arrojó, exultante, dilatando con el lance todo su poder sobre el cosmos. El fucilazo, en una vertiginosa ascensión, surcó los confines imperiales más recónditos del firmamento arrebatando a los cielos el cetro de los reyes. Todo el universo quedó, al instante, sumido en centelleantes hilos luminiscentes que hacían tronar con algarada hasta el seráfico *genius loci* apostado sobre la morada olímpica de los dioses. Los súbditos, fascinados ante tal exhibición de poderío, comenzaron a postrarse ante el Hacedor como lo hace un perro dócil ante la figura poderosa de su amo. El cetro cubierto de portentosos rubíes, asombrosas esmeraldas y cerúleos zafiros se regocijó entre los dedos del Magnánimo para elevarlo como signo de su celestial poderío. El Omnipotente, padre de las deidades y de los hombres, tomó la palabra y elevando la voz al firmamento exclamó:

—Súbditos del universo —gimió estremeciendo el vasto cielo—, quiero, con la ceremonia de este cenáculo celestial, conocer vuestros juiciosos consejos acerca de la necesidad de liberar al hombre de los lazos terrenales, de esas fuerzas impías que oprimen su existencia hasta hacerle el ser más desdichado de todos los mortales.

Mientras el Supremo exclamaba estas soflamas, a sus costados, un grupo de auletas conducidos por el lúgubre Marsias, el tétrico Antigénidas y el quebradizo Andrón obsequiaban al Olimpo con la afinación atemperada de trenos sacros solemnemente fúnebres. Las musas, heridas en su orgullo, se ocultaron tras plomados cortinajes disolviéndose entre las extensas nubes de algodón dispensadas por la diosa Néfele. Esta, satisfecha por la representación, se manifestó desprendiendo una lluvia de flores multicolores recolectadas por las jubilosas ninfas en los campos del legendario monte de Nisa.

—Sabed que un sentimiento de culpa ha crecido en los últimos tiempos anegándome el corazón. El hombre al que por fortuna esculpí con pedazos de barro y al que dominé con la férrea virulencia de las fuerzas terrenales ansía la felicidad plena. Y para que esta circunstancia tenga su afección, requiere desligarse de las pujanzas que constriñen lo más recóndito de su ser. Necesito, sin que la propuesta sea juzgada como síntoma de flaqueza, conocer los lúcidos pensamientos de vuestras deidades.

Eros, el más hermoso entre los inmortales, que flaquea los miembros y cautiva a todos los dioses y a todos los hombres el corazón, imploró la palabra al Señor y, seguidamente, de esta manera se mostró:

—Soberano y excelsos dioses que habitáis en consonancia eterna con las fuerzas del universo, ¿qué lacra persigue a los hombres si no es la de vagar a la suerte de su natural destino? ¿No es suficiente penitencia el amargo peregrinar cosechado por su tránsito en la vida? ¿No es justo realmente que ansíen la felicidad plena antes de que llegue su expiración llorando con ello su miseria? Yo, dios primordial, cobijo la idea de que los hombres, conocedores de los males hasta límites insospechados, queden desligados del sombrío Hades y de las fuerzas terrenales, que no hacen sino acrecentar sus lágrimas y suspiros.

Con una sonrisa desdeñosa, Urano se interpuso en la locución del hermosísimo Eros, rebatiéndola de la siguiente forma:

—Agraciado Eros que hipnotizas hasta el aire con tus encantadoras palabras, de veras que tus soflamas rayan la futilidad y la más absoluta de las ingenuidades. Ningún hombre se ha merecido nunca la envidia de los dioses. Para qué si no las fuerzas terrenales usan sus artimañas hasta aplacar su altanería, convenciéndoles de este modo finitud y miseria. Es mi consejo —concluyó Urano levantándose de su trono— que los hombres sigan vagando por la vida entre la necesidad y la miseria, pues es de sobra conocido que su espíritu es tan codicioso que no conoce de límites.

Giges, hijo de Gea, la de amplio pecho, y Urano, hacedor de la lluvia y la fertilidad, apostado entre los hombros de sus padres, reforzó las palabras con filial interés sacudiendo violentamente sus cien brazos y esgrimiendo amenazante sus cincuenta cabezas con bocas de afilados dientes.

Entre palmas y carcajadas, Eros, burlándose de la osadía del núbil Giges, afirmó:

—No me amedrantan esas poses escogidas de ímpetu y exaltación. Pues no son esos los modales que debiera exhibir un hijo engendrado por los dioses, ni por el contrario ensalzar la dicha de guardar fidelidad canina hacia sus progenitores. Si bien es cierto entonar que se trata de manifestaciones, aunque no protervas sí osadas, propias del entusiasmo lírico de la pubescencia. ¡Oh, dios Urano! Sé misericordioso con los mortales. Mil batallas libran día tras día y, ya perdiéndolas, ya ganándolas, la muerte inquebrantable les aguarda igualmente sigilosa al final de su peregrina existencia, con la paciencia propia del díscolo Tántalo. ¡No hay mayor tragedia! ¡No existe igual sinrazón! ¡Acaso no hay mayúscula locura!

—Tanta piedad de veras me confunde, agraciado Eros —interrumpió Gea, obsequiándole con un vaso de néctar y un manojo de ambrosías al dios de la hermosura—. Aunque Giges posea la rebeldía natural del púber, ¿acaso no es justo alabar la acción del hijo que hace valer las consideraciones de su estirpe? —Tras la puntualización, Gea, la de amplio pecho, prosiguió con estas palabras dirigiéndose al resto de los presentes—: Si cíclopes, hecatónquiros e incluso Crono, hijos concebidos por el delicado manto de mi amado Urano, han vagado sin descanso por las tinieblas abismales del Tártaro con el castigo execrable de no ver siquiera la luz, ¿por qué los hombres, seres menores, no van a estar condenados a vagar por la vida entre la necesidad y la miseria? ¿Es el hombre, quizá, un ser superior a un dios?

Atenea, diosa de la sabiduría, irrumpió en el cenáculo haciendo la siguiente consideración:

—¡Oh, diosa Gea, madre de tantos dioses! Tu razón es ponderada, pues ningún hombre debe nunca mostrarse superior a un dios. Mi hermano Ares, dios de la guerra, sabe muy bien de las estratagemas de los hombres por conseguir riqueza y poder. Por tal causa mostró su condena castigando de manera tan ejemplar al más astuto y sabio de todos ellos, el perverso Sísifo. Sus actos, ilícitos y depravados, pretendían revelar los designios de los dioses, pero Ares, persuadido, le castigó a la inclemente tarea de empujar una piedra enorme sobre una empinada ladera y, antes de alcanzar la cima, hacerla rodar hacia abajo en contra de su voluntad para así empezar desde el principio una y otra vez a lo largo de su existencia ¿Acaso no debe ser este el sino de los hombres? El no llegar a la cima de esa ladera, el no traspasar los límites de la avaricia y la felicidad, el no despojar a los dioses de su Olimpo para ser consagrado por sus espíritus depravados.

—Bien destaco que el mayor castigo del hombre —irrumpió Ares con sutileza— es no atesorar el elixir de la plena felicidad, porque su entramado cerebro está de tal manera ensamblado que su aparente perfección le incapacita para discernir lo que es la realidad y lo que tiene que ver esta con la verdad, conjurando de esta manera a la conciencia como causa execrable del tormento de su existencia. De veras —concluyó— que el hombre está concebido con exquisita precisión para aspirar los infames aires del sufrimiento y este debe ser su castigo, porque solo los dioses son dueños de la verdad.

Urano, turbando con su mirada el espíritu de los pecados capitales, les instó a manifestarse, siendo la envidia la que de esta manera se mostró: cubierta por un manto oscuro y una máscara dionisiaca que hacía su rostro intrincadamente deforme. La envidia, que maneja el mundo de los dioses, madre de los pecados capitales y compañera de los hombres biliosos y miserables, se pronunció en un tono grotesco e innoble.

—Mi labor cruel y despiadada no tiene otro propósito que el de causar menoscabo, hacer daño, destruir. Esa es mi misión y a fe que la cumplo. Dios me ha concedido el albedrío necesario —continuó— para tan ingrata tarea y solo Él puede hurtarme de tan depravada atribución. Pero no soy yo quien se pronuncie sobre lo acertado o no de la ventura de los hombres, pues solo soy una mera poderhabiente de los designios de Dios.

Al instante, Temis, la de agraciadas mejillas, herida en su orgullo, irrumpió en el oráculo descargando con fuerza todo el peso de la justicia por ella atesorada. La infame envidia, recelosa reina de los pecados capitales, se estiró en el aire y resolvió responder menoscabando la beldad de la diosa para así transformarse en la más bella de las ninfas del universo.

Para entonces, Dios ya reposaba sobre su cetro, rendido al más profundo de los sueños. No reparaba en contubernios, mofas, actos de soberbia ni discursos libelistas. Monolítico, como un iceberg en pleno océano, el Supremo, acompañado de heroicos ronquidos, dormía un sueño eterno, insinuando al tiempo que la sentencia divina sería de tal forma por los siglos de los siglos.

Imaginando

A los soñadores, por el hecho de soñar.
José Luis Márquez Martín

En cierta época, hubo un tiempo en un momento dado que alguien intuyó —tal vez fuera en ese instante— que la vida nunca tendría fin. Probablemente, ese alguien se alivió al despertar y contemplar la libertad de un aire puro, excelsamente inmenso de cielos, mientras una bandada de golondrinas, más libres todavía, surcaba sin permiso el resquicio más mínimo de sus recónditos arcanos. El sol latía con escarnio sobre su cabeza de orate atolondrado, sobre la rosa engreída, sobre el cisne negro y sobre el blanco, por toda la faz de la Tierra se extendía, sobre todas las cosas y sobre las otras que jamás contamos.

«Que efímera es la vida», seguía meditando… Sin duda, así era para lo bueno, distinto para lo ingrato. Muros altos, enfermedad, muerte, lóbregos charcos, espesos bosques de envidia, amores imposibles y posibles desencantos, tierna infancia volada, y todo como un sueño indeleble hilvanado sobre el ramo de tus manos.

Pero aún ese alguien seguía meditando… Que respirar es alegría. Sentir la corriente del río por tu balcón colmado de mariposas tremolando. Espiral infinita de corales, de flores y de humildes santos. La sonrisa de tu hijo, la humildad del aldeano, los ecos amigos del desierto, los trinos de tiros largos, las cumbres cubiertas de soledades, los mantos de fina hierba guareciendo el altiplano, la caricia de las nubes sobre el musgo de tus labios. Unas miradas furtivas y el corazón… palpitando.

En cierta época, hubo un tiempo en un momento dado que alguien intuyó —tal vez fuera en ese instante— que la vida no tendría nunca fin. Estaría imaginando…

La canícula de Madrid

La salud es la justa medida entre el calor y el frío.
Aristóteles

Entiéndase por canícula de Madrid aquella acepción vernácula vinculada a un bochorno exagerado, profuso y descontrolado que, de manera cíclica, aborda sin tregua la mollera de los concentrados sobre el plano central de la geografía hispana. El rasgo principal de este episodio febril se resume en su carácter sutilmente volátil, pues todos los que la experimentan quedan sumidos, durante el lapso de un año, en un estado amnésico que les disuade el haber soportado nunca tan celoso ardimiento.

No recuerdo otros años, pero juro que este ha sido con diferencia el más candente de todos. Pues la subida de mercurio se presentó de una manera tan exagerada y ruin que, en innumerables barriadas, las amas de casa consiguieron acaparar la totalidad de las recalentadas aceras, con el único propósito de trocarlas en colosales y humeantes ollas de hormigón, e incluso en hiperbólicas tinas de enjuagues y purificaciones.

Calles, aceras, plazas, avenidas, parques y aun cualquiera de los recovecos más recónditos de la metrópolis despedían vaharadas de fuego de sus entrañas. Todo quedaba soasado en un fogón incandescente auspiciado por un sol atribuladamente canalla que derretía, con el poder de sus rayos, los edificios hasta dejarlos en desdibujados charcos de mortero. A más abundamiento, el constante trasiego de viandantes se aleaba impunemente con el canto de chicharras y con el rezume de fritangas. Cada vial era testigo de las más dislocadas escenas jamás convividas. En las horas en que el sol mostraba más verticalidad, algunos quedaban pétreos cual esfinges de Lot. Era como si aquellos rayos enrojecidos de rabia, hirientes e injuriosos, les hubieran absorbido el conjunto de sus compuestos: la sustancia, la sabia, el plasma, la sangre, el orín, la saliva, todos los líquidos orgánicos, fluidos y jugos de la piel. Tan resecas y famélicas se expresaban sus gorduras que parecían auténticas mojamas errantes.

Para combatir el acaloramiento, excelsos bloques de hielo reportados por la empresa doméstica La Friolera de Madrid servían de ablución para aligerar el alboroto del mocerío y atemperar la sed de gorriones, verderones y una nube de vencejos. Un agua redentora que apenas advertida resucitaba las ganas de existir.

La capital había devenido, por algún ignoto sortilegio, en una metrópolis atolondrada, en una urbe prismática repleta de aristas estridentes, de cuyos vértices colmaba el gracejo vodevil de goyescos aldeanos. Las calles, un horno. El sol, su verdugo. Un año más, la caldera madrileña cumplía con su liturgia más incandescente. Un calor en llamas engendrado en las mismísimas fraguas de Vulcano. Un tórrido sopor de sierpe festejado por el maléfico Hades que pareciera engendrar la agitación sobre la paciencia de las cosas. Apuesto a quien me escuche que el próximo verano será el más fogoso de todos, el más insufrible de todos, el más flamígero de todos los inframundos. Y es que el poso ladino del remoto pavor dormitará ya en los mansos embates de los olvidos. Y, así, por ciclos venideros.

Los chicos que juegan al balón son tontos de remate

El futuro de los niños es siempre hoy.
Mañana será tarde.
Gabriela Mistral

—¡Los chicos que juegan al balón son tontos de remate!

Tienen piernas de cartón, camisolas lagrimadas en sudor y zapatillas tiznadas de polvo y guano.

—¡Los chicos que juegan al balón son tontos de remate!

No van a la escuela, ni saben de mimos ni antojos. Beben a chorro el agua de fuentes ocultas y devoran bocadillos de grava entre un pálpito de junquillos en yermos arrabales de nada.

—¡Los chicos que juegan al balón son tontos de remate!

De azogue, divertidos haraganes, el pelo azabache encrespado con el gol y del sol la piel morena.

—¡Los chicos que juegan al balón son tontos de remate!

Corre que te corre tras el balón. El galgo arranca. La liebre vuela. Corre que te corre tras el balón. Una chilena. Un penalti que no es.

—¡Por la escuadra!

—¡Qué emoción!

El portero que no llega.

¿Qué saben del futuro? La felicidad por condena.

—¡Los chicos que juegan al balón son tontos de remate!

Tienen algo de azul, de olor a mar, de luces de estrella. Fe ciega en el intento. El pecado, la culpa, la marginación, las tardes infinitas y las noches de luna llena.

—¡Los chicos que juegan al balón son tontos de remate!

Un zigzag. Una rabona.

¿Ser el mejor? ¿Pelé, Cristiano, Messi o Maradona?

—¡Los chicos que juegan al balón son tontos de remate!

Esgrimen pies de ciempiés. Luego de oruga. Arriba de cigarrones y abajo, más abajo, de mariposas de cuatro ojos.

—¡Los chicos que juegan al balón son tontos de remate!

Duermen en casas de hojalata y limo a orillas de un hilo de corriente hedor. Largueros de cobertizo. Porterías de hechizos. Telas zurcidas de araña. Misiles de plata y oro.

—¡Los chicos que juegan al balón son tontos de remate!

—¡Penalti, gol es gol!

—¡Compañero te la cedo!

—De falta.

—¡Tira tú! ¡No, tiro yo!

—Con el exterior.

—De interior.

—Y *pa* dentro.

—¡Los chicos que juegan al balón son tontos de remate!

—¡Remate de cabeza!

—¡Remate de zurda o diestra!

Al fondo un escaparate. Ahora ruido de estrellas.

Paran el tiempo a su antojo y es que la espiga de Perséfone les agració con el don de la eterna primavera.

—Cuando sea mayor quiero ser uno de esos chicos que juegan al balón.

—¡Sí, un tonto de remate!

La paradoja de Brandon Santos

Lo que ha de suceder sucederá.
Virgilio

Aunque los neumáticos chirriaron dinamitando el humeante asfalto, lo cierto es que Brandon no pudo evitar la tragedia. Aquel desventurado pericote quedó incrustado en la piel de goma de su carro, igual que un cromo en la carpeta de un imberbe colegial. Por ventura, el infortunio no debía considerarse de gran trascendencia. Así lo meditaba Tomás Aguinaldo mientras su compadre apaciguaba la conciencia con la garantía de que el diminuto roedor se hallara fenecido antes de ser apisonado por su centelleante Mustang del 79.

A pesar del exorbitante bochorno, Brandon sintió la necesidad imperiosa de salir del carro y cerciorarse del alcance del luctuoso lance. Con la curiosidad crecida observó cómo, incrustado en el bajo relieve del magnífico neumático, sobresalía la silueta, prensada y laminada, de un diminuto roedor. A pesar de la aterradora fatalidad, los ojos del caído parecían aún despiertos y aguanosos. En esos instantes, Brandon no profesó ningún sentimiento de culpa, ni siquiera un ápice de compasión. Tampoco debía criminárselo si se tenía en cuenta que el ratoncillo se encontraba ya exánime cuando la cubierta de diecisiete pulgadas le sesgó definitivamente la ilusión.

Brandon subió de nuevo al auto con la conciencia templada. Una conciencia que no se daba por vencida, pues en su fuero interno tremolaba una sospecha, un halo de encantamiento que el trance hilvanaba como algo determinista. Nada, pensaba, que pudiera tener transcendencia, al estimarse simplemente como una jugada del destino sólita y cotidiana.

—¡Puñetero ratón! ¡Ahora ni caviar ni jalapeños de queso! —exclamó Brandon encrespado.

Transcurrido un tiempo, Tomás Aguinaldo resolvió entrar en conversación ante el encallamiento exiguo de su compadre, que parecía imbuido en pensamientos vitales acerca del pérfido destino del menudo despojo.

—No sé, padrino, no sé, pero apuesto a que el ratón que atropellaste nomás era padre de mil hijos —recompuso con voz sórdida Tomás.

—¡Maldito pendejo! —irrumpió Brandon, arrojando con una fumarada la colilla mantenida entre los labios—. No me hagas chingar por algo tan banal como la muerte de un ratoncillo. Desengáñate, Tomás, porque el ratón nomás se hallaba finado en el asfalto antes de votarlo el carro. ¿O no te fijaste, desdichado? —reconvino Brandon con desairado razonamiento.

—Lo cierto —continuó Tomás Aguinaldo— es que no puedo asegurar nada de manera rotunda. Aunque, compadre, si tuviera que decantarme, creo nomás que lo atropellaste todavía con el recorrido laborioso.

El comentario sinuoso y mordiente de Tomás atravesó el corazón de Brandon como un rayo en plena tormenta, haciendo que las sienes se le helaran de repente hasta quedar endeblemente entumecidas.

—¡No me seas puñetero! ¡No me calientes las entrañas, maldito carajo! —le increpó Brandon con un despecho de palabras sucias.

Tomás Aguinaldo optó por zanjar la porfía con la opción más socorrida: un silencio desértico. En esos momentos meditó que lo más juicioso era no darse por aludido y apaciguar el ambiente, que comenzaba a mostrarse más que enrarecido, y no precisamente por la desmesurada ola de sofoco.

Pasado el tiempo, una vez disipadas las razones, Tomás Aguinaldo decidió romper el desabrimiento de la enredosa escena.

—Deberíamos parar y darnos un respiro —apuntó, mientras señalaba tenuemente con el dedo índice una fonda dudosa cortejada por un arbolillo petrificado desprendido al borde de la fatigosa carretera.

—¡No se hable más! —exclamó Brandon con voz inaudible mientras aminoraba la marcha.

Al apearse del carro, Brandon no pudo reprimirse y, sin titubeos, se dirigió hacia la cubierta del ominoso neumático. Confiaba, por un presagio pasajero, en que la hallaría ciertamente inmaculada. Y esa era su esperanza… Pero cuál no fue su estupor al contemplar que el camuflado despojo aún se cobijaba entre las hendiduras remarcadas por la poderosa cubierta.

—¡Maldito seas, condenado ratón! —apostilló con una mueca de insolencia.

Tomás Aguinaldo, tras encomiar con una batida de dedos al mozo giboso de la gasolinera, dio media vuelta y acomodó sus pasos al encuentro de su compadre.

—¡No puede ser, Tomás! ¡No puede ser! —resolló con voz ahogada Brandon.

—¡Bonito ratón ha matado, amigo! —intervino el giboso perdiendo el recelo, mientras hendía la uña del meñique por la tablilla del combustible—. ¿No sabe que atropellar un ratón seduce la mala fortuna? Por lo menos eso atestigua el populacho: «¡Un ratón mataste, malos años tuviste!» —apostilló el operario con cierta mirada incriminatoria, que incomodó de veras la conciencia hostigada de Brandon.

—Déjese de malditas supercherías y traiga algo para limpiar el neumático. No quiero ver ese ratón en la rueda de mi carro ni un minuto más —inquirió malgeniado Brandon al gasolinero.

—Enseguida, amigo. Y no se ofusque, que yo no cargo con la conciencia de haber destripado a ese ratoncillo indefenso —añadió el faccioso con cierta sorna incriminatoria.

Brandon optó por cerrar el pico y no entrar en contienda, aunque aquel cara de idiota empezara ya a incomodarle los intestinos.

Tras un breve respiro, Brandon Santos y su compadre salieron de la diminuta cantina, con fuerzas renovadas y el deseo inconsciente de alcanzar su destino: Santa Clara, un pueblecito requieto y manso que dormía colgado del tiempo en la loma del volcán San Rafael Urbino, fortín inescrutable que alentó al líder militar Emiliano Zapata en su grito revolucionario hacia la redención campesina. Si no surgían contratiempos, arribarían a la vieja aldea cuando los rayos del sol se rindieran a la magia de la noche. Cuando las muchachas, bañadas en agua de azahar, inundaran el feudo de la plaza vieja con sus gracias redimidas de las tibias hechuras para, en súbita rebusca, asaltar a una jauría de machos templados y hastiados de esperar. Luego, descaminando sus pasos, entre los cordones de las vías del ferrocarril y una oscuridad repentinamente absurda, serían estrechadas por un cúmulo de músculos, brazos fornidos, dibujados con culto exquisito y ceñidos al talle de sus definidas caderas. Aquellas incursiones amorosas carecían de testigos ocultos. Ni siquiera de ojos de estrellas ni de enérgicos gemidos de chicharras. La pasión se aplacaría entre el rezume de enérgicas olas de placer y el regusto del venteado y espesado herbaje de clandestinas yucas y susurrantes cáñamos desgreñados. De esta suerte, aquellas odaliscas de trato hacedero aguardarían el celibato, entreverando su condición de castas y vírgenes inexpertas, hasta que la ruleta del destino les dispensara una próxima remesa de profanadores y frecuentadores avinados que las hiciera sentir de nuevo mujeres del pecado.

Desde el altozano, el tiempo se aquietaba moribundo sobre una tierra sin alma y nombre. El aire, sumamente denso, curtía los semblantes cada vez más enjutos y burilados. El sol del llano brotaba como un ventoseo abrasador por aquel océano desértico de materia inactiva. El cielo de la tarde, acoplado por una masa plomiza de nubes gasificadas, se derrocaba poco a poco de tanto sopor. Las piernas, ahora poderosas, se inclinaron hacia el vehículo con la intención de deslizarse hasta su interior con movimientos furtivamente acompasados.

De cuclillas, el peón ensopado parecía afanarse en un duelo frenético con el tejemaneje de restregar la cubierta maculada del vehículo. Para el refriego, remejía en un sinfín de herramientas de diferente calibre que iba desdeñando confusamente sobre la cochambre de una bañera insana despreciada por la decrepitud y la incuria.

Brandon frunció el ceño al cerciorarse efectivamente de que, a pesar de los esfuerzos del operario, el ratón seguía tenazmente incrustado en el relieve del neumático.

—Déjeme —le inquirió Brandon vociferando.

El gasolinero se avino con gran aspaviento.

—¡No puede ser, maestro! ¡No he visto jamás algo parecido! Es como si la Virgen del Remedio Divino hubiera bajado del cielo para tejer un milagro con sus sensibles dedos de algodón —repuso el operario arqueando desmesuradamente su giba.

—¡Cállese, agorero, y déjese de mojigangas! —replicó con fuego de infierno Brandon, mientras prendía la escofina.

A unos metros, un pesero macilento y asmático se iba acomodando junto al surtidor de carburante envolviendo la tarde en una cortina de polvo enrojecido. El radiador de la matraca hervía rabiosamente junto al ardor del mediodía. Daba el augurio de que aquella carraca de inacabables rugidos, quebrada y molida, se fuera a descomponer en el momento más inoportuno. Un cortejo, aturdido por la solanera y envuelto en perfume de gasóleo, comenzó a desalojar aquel fosilizado laterío con movimientos perezosos y soñolientos. Un cura calvo, envestido de sotana blanca con alzacuellos y botones carmesíes, fue el primero en descender. Después le siguió una joven encintada y detrás un crío espigado de flequillo ambulante lloriqueando de sed. Así, de forma paulatina, todos los viajeros se fueron deslizando, sigilosamente, por una portezuela enmohecida, hasta alcanzar un alzapié insulso de bordes debilitados que hacía peligrar la integridad, antes de devolverles a una tierra requemada y árida. Tomás Aguinaldo, refugiado en la breve sombra propiciada por la cansina carraca, aplicaba el tiempo enfrascándose en la tarea anodina de enumerar al carrusel saliente de manera gráfica, ayudándose para la ociosidad del roce encallado de la yema de sus dedos.

Los más rezagados iban saliendo para aliviarse con animosidad entre el escusado y una ventana atiborrada de confituras e improvisadas bebidas refrescantes. El conductor, descomunalmente abultado y mofletudo, advirtió, mientras hacía tintinear una minúscula campanilla de cobre, que el abordaje se prolongaría hasta la media hora.

—Ni un minuto más ni un minuto menos —advirtió con cierta severidad el orbicular, sin perder el equilibrio cuando asaltó la enclenque banquetilla para tornarla en mil pedazos.

Los ademanes atropellados y briosos de Brandon motivaron una convulsión en los intrépidos viajeros, que paulatinamente se fueron arremolinando en su entorno sin quitar ripio al desventurado ratón.

—¡Infortunado animalito! —exclamó con misticismo la mujer encinta.

—¡Cruel destino! —manifestó una menos encinta.

—¡Qué lástima! ¡Qué flacucho! ¡Pobre bichito! —requirió el muchacho de flequillo ambulante.

—¡Dios bendiga a este desventurado! —proclamó el padre Resurrección meneando con denuedo su doble papada.

Brandon, enredado cerrilmente a la tarea de sustituir el neumático pecoso por otro de repuesto, ignoraba los maldicientes vituperios, aunque un vago temor comenzara a asomar en su cabeza.

Al disponerse a ejecutar la maniobra, una voz atronadora se alzó de entre todas como si le hubiera salido una bomba por la boca. Vaciando el aire seco y pegajoso, propuso la siguiente admonición:

—¡Alto, criminal! —manifestó la voz autócrata.

La palabra *criminal* estalló en los oídos de Brandon como el detonador de una bomba atómica, haciéndole trizas los tímpanos, hasta ahora en posición de letargo.

—¿Cómo es posible que haya podido cometer tamaña vileza? ¡Es usted un auténtico asesino! Si mata de una manera tan infame a un indefenso animalito, qué no hará con el prójimo —sentenció autoritario el sargento Josefo Morelos.

La muchedumbre agitada en torno al malhechor comenzó a proferir improperios nada piadosos. Los dardos se clavaban en su vituperado ego desencajándole por igual cuerpo y alma. Brandon experimentó una tiritona creciente y descomunal, y la mirada amilanada, síntoma de remordimiento, se fue encubriendo paulatinamente como el sol tras una colina. El muchacho cuyo flequillo ambulante le tapaba parcialmente los ojos, afligido por la suerte del ratoncillo, se enjugó los ojos con la palma de las manos. Otro, de flequillo más firme y menos sinuoso, cargó sus malas artes arrojando sobre la frente de Brandon un guijarro de textura sólida y pétrea. El descalabro furibundo rugió la testuz inmaculada, y el sangrerío galopante salpicó la conciencia del anchuroso universo. Brandon deslizó la lengua por la comisura de los labios sorbiendo el dulzor goloso brindado por aquel caldo deslizadizo, tibio y fuliginoso que aprisionaba con sus manos en el intento absurdo de cohibir su intrépida estampida.

—¡Mira cómo le has dejado la frente al infortunado señor! ¡Malo! ¡Requetemalo! ¡Más que malo! —reprobó la madre del malicioso, sin recabar en exceso en la estratagema.

El travieso, con aire de distracción, encogió los hombros y, con las manos en los bolsillos, respondió a su bienhechora con una mueca de indolencia, sin pataletas ni bravatas, observando al malhechor con desplante.

A unos pasos, un correntío acorralaba al asesino con miradas inquisitorias repletas de odio contenido. La mujer encintada se apresuró a orar en alto una novena en memoria del desvaído. La tierra, reseca y ácida, tragaba la sangre templada de Brandon con una sed rabiosamente descomedida.

El uniformado, haciendo acopio de valor, recogió raudo al reo, custodiándole de las desbordadas iras del gentío. Tomás Aguinaldo, aterrado por la suerte de su compadre, optó por dar media vuelta y huir frenéticamente hacia un sendero encubridizo erizado de zarzas y cardos encarnados. Brandon hubiera corrido a darle encuentro, pero en aquel instante su compadre se había convertido ya en un ente extraño.

Para que el reo llegara a buen recaudo, el guagüero almohadillado escoltó el vehículo policial hasta depositarlo al pie del presidio. La dilatación del sujeto era tan dominante que al encuentro con el traqueteo de los badenes, las tripas bituminosas transitaban por las hendiduras de la holgada camisola igual que gelatina pastelera. Próximos a la penitenciaría, el Mustang del 79 ya descansaba a las puertas mientras Belisario Pueblo, el alguacil de aire circunspecto, se apeaba del habitáculo para examinar el neumático fratricida.

Brandon Santos bajó del coche patrulla cubierto de podredumbre. Sus zapatos envueltos en una nube de polvo hacían presagiar su maldición. El presentimiento a un miedo voraz de futuro indefinido. Esposado con cordajes a manera de jarcias de envolver paquetería, entró en la penitenciaria del Bajo Cauca, moribundo, aturdido por las infamias y adolorido por la puntería del protervo chinazo. Su corazón aventado se encontraba al borde del infarto y sus ojos, turbios de delirio, le impidieron advertir la silueta del ratón prensado cuando se deslizó junto a él apenas de soslayo.

Tras la inspección de rigor, Belisario Pueblo irrumpió en el calabozo de forma autócrata, conforme a su condición de rango: maestro oficial de penitenciarias del Estado. La atmósfera, excesivamente recalentada por el relumbre del sol, se encontraba paradójicamente bañada de una humedad pesada y acre. El silencio inundaba la mazmorra como si hubiera permanecido en ella de por vida, cautivo, tal vez, por el vano delito de hablar. El oficial, visiblemente desdentado, rehuyó el encuentro, depositando avivadamente sobre el suelo un cuenco infecto de vino acre y una hogaza de pan tiesa e hiriente. Tras el desabrimiento, el conminado, prosternado sobre el suelo aguanoso, no cesaba en ejecutar genuflexiones para después encomendar su destino con las manos apostadas en oración, a la gracia divina del santísimo Cristo Sacramentado y al velado perdón de san Feliz el Adivinado. Se mesaba los cabellos con la misma rabia incontrolada del beato exorcizado en una procesión de san Patrás. Al retroceder, el alguacil ajustó la mirada sobre la frente descalabrada de Brandon. Enseguida pudo percatarse de que la disforme incisión repentinamente había dejado de escurrir el aparatoso flujo de sangre, ya ni mojaba, cuajada y reseca, ni siquiera surtía de carmín el traspuesto basamento. El pronunciado tajo se mostraba ahora, paradójicamente, con signos inequívocos de desecación. Seguro que las jaculatorias y ensalmos favorecieron milagrosamente la intercesión, aunque el escepticismo del alguacil rumiaba por las propiedades sanguíneas de los malhechores, cuyos sudores encendidos salaban la brecha con la fuerza de un mar embravecido.

El enigma suscitado en torno al esmirriado ratón había trascendido a las huestes gubernamentales. Una comisión compuesta por peritos y agentes ministeriales de la Procuraduría General de Justicia del Estado se reportaron, *ipso facto*, al lugar para recabar las primeras pesquisas.

Tras las rejas, el sol insepulto, remoto y casi difunto se ausentaba mansamente, vistiendo la cresta de las gibosas montañas de un carmesí mágicamente transgresor hasta sepultar quién sabe si hinchados aguardos, quién sabe si ignotas leyendas. En la letanía, el trino taciturno de las aves resollaba en los oídos de Brandon difiriendo la realidad con un sinfín de atropellados pensamientos, remembranzas que no reparaban en escarbar sus más recónditos adentros. Un escenario elegiaco que acabó por consternarle el ánimo y sumirle en una invencible melancolía. No concebía cómo un hecho tan trivial como la muerte de un ratón pudiera causar tamaño revuelo, hasta el punto de trastocarle el destino. De anochecido y elevando las quejas hacia la luz de las estrellas, se supo desprotegido, contrariado, insubsistente. Poco a poco surgió de su corazón una tristeza impetuosa y amarga. Entre derrumbes de melancolía, su desdicha se fue ahondando acerbamente para terminar sollozando y gimiendo entre el velado cuenco de las manos.

En la lobreguez de la celda, el reo apenas pudo conciliar el sueño a pesar de la pesadez de los párpados, ni diez minutos seguidos en el trascurso de la noche en claro. Solo una leve derribada, un vahído de cabeza o semisueño que le pudo transportar a mundos desconocidos y delirantes, hecho que le redimió por unos momentos sobre lo insólito de su sino. Porque como habitúan a declarar los reos, los días y aún más las noches, si cabe, son netamente más espaciosos en la cárcel que en cualquier otro rincón del mundo. Y, sin duda, para Brandon así comenzaba a ser.

Al amanecer, prendió con las manos retorcidas los barrotes ateridos que franqueaban la insulsa claraboya. Con la paciente curiosidad de un chambelán, se fue regodeando sin desmayo en la figura enigmática de la víctima. Porque allí se encontraba de nuevo. Los ojos seguían vivarachos, como de costumbre, y el rabo, retorcido en una espiral infinita, palpitaba de regocijo al encuentro con los primeros rayos de sol. Confinado en tales pesquisas, la crepitación del pestillo de la cancela le sobresaltó, provocándole un respingo de auténtica sorpresa.

Serían las nueve de la mañana cuando el viejo letrado de Guatapé, don Augusto de Alzate, burlaba la defensa del reclusorio batiéndola violentamente contra el marco de la puerta. Parapetado en esa parafernalia de decencia que flanquea a los garantes de la norma, se apareció el docto con paso presuroso y el rostro henchido de saber. El jurista, abrazado a varios tratados legales descuadernados, fue confiándolos paulatinamente sobre un humilde moblaje, consistente en dos antiguallas: una mesita de madera astillada, refugiada en el chaflán derecho del minúsculo cuchitril, y una cómoda coja devorada por la ayuna voraz de audaces termes. Brandon, tendido sobre el camastro, se incorporó de inmediato del retumbo. Desplegando parejamente los párpados, fijó la vista en los labios filosos e irónicos de aquel hombrecillo rechoncho y ventrudo de aire riguroso, que, de tan recortada talla, parecía yacer en el mismo interior del subsuelo. Advirtió igualmente que de las comisuras de sus labios descollaba una porción estancada de una salivilla viscosamente fermentada, antipática y vomitiva. Sin apenas preámbulos, el letrado paticorto lo miró con desdeño, propinándole un certero puntapié con el propósito de apartarlo de su trayecto meridiano. Una mirada condenatoria conminaba a Brandon a guardar una distancia obligatoria, para después advertirle sin titubeos y con voz habituada a dar órdenes la situación nada aconsejable en la que se encontraba inmerso.

—Me veo en la urgencia de expresarle que las indagatorias, pesquisas y posterior dictamen rendido por la pericial CSL/422/HPM/1980 son del todo perentorias. El agente del Ministerio Público del Fuero Común especializado en homicidios dolosos no se anda por las ramas y concluye que usted es culpable de la muerte de un ratón. Un ratón descobijado al que vilmente sesgó la vida con su carro henchido de prepotencia. Una causa, como podrá percatarse, notablemente intrincada. Habrá de convenir que su defensa va a ser realmente una tarea fragosa para obtener un veredicto favorable si tenemos en cuenta que su compadre, que responde al nombre de Tomás Aguinaldo, ha declarado en su contra, atestiguando que usted atropelló al desahuciado ratón sin reparar apenas en el pedal de parada. Igualmente, el agente ministerial recabó diez confesiones de testigos presenciales. Granados estos agravantes —continuó—, habrá de atender a los usos y costumbres del lugar, normas categóricamente menos imperiosas pero, qué duda cabe, igual de acatables. Nada venturoso porque en esta comarca no concurre el precepto del *in dubio pro reo*.

—¿Y cuál sería la escarmienta? —dispuso Brandon Santos con voz ovillada.

—¡La pena de muerte, señor mío! —sentenció con voz atravesada el letrado espaciando las palabras.

El reo turulato buscó con la mirada extraviada a don Augusto. Estaba estupefacto, hierático. No concebía cómo podía ser acreedor de tan desmedido azote. Le atormentaba la huida de su compadre, la sensación agria de deslealtad articulada en sus declaraciones. Arrebatado por la gravedad de los acontecimientos, un frío mortal atravesó todo su cuerpo.

Enhiesto, se sostuvo en pie unos segundos, pero repentinamente, bamboleándose como un sacabuche, se desvaneció en un suelo ahogado en humedades y templado verdín. El vientre se le fue revirando, enojado, anchuroso y alongadamente exudante. Presa de un manso delirio, enmudeció de pánico. Violentas palpitaciones, asidas a las sienes, terminaron desarreglándole los miembros. Levitando en un amargo destierro a la deriva, en otro mundo. Lejos de la zozobrante agitación radiada por la insana realidad. Más allá de los confines terrenales, de las inmensas huestes infernales. Allí, en el corazón atroz del Pandemónium, donde espíritus tuertos acostumbran a abonar el desaire de fámulas edénicas, portadoras de pechos extraordinarios cebados de entibiada leche ponzoñosa. Donde ignorantes vírgenes se proveen de varones de enclenques caracteres fálicos, al objeto de ridiculizar sus efectos, renegando de su virilidad. Donde resulta espantoso avizorar la vileza de amigos que traicionan la confianza de sus oferentes. Y, lo más sangriento de todas las componendas, donde los herederos deshonran vilmente la noble vejez de sus inventores.

Todavía trémulo en aquella agonía de tinieblas, Brandon recobró el sentido hasta entonces mensurado. Incorporándose sudoroso, turbado y balbuceante, anduvo durante un rato displicente, balanceándose sin objeto sobre la escueta cuadrada. De pared en pared, igual que el juguete animado que topa y recula, vuelve a topar y recular sobre sus propios pasos. Gesticulando y profiriendo frases inconexas e indescifrables para cualquier juicio. Una vez desperezado de tan tumultuosos pensamientos, clavó la mirada sobre un sinfín de hojas apiladas, a veces dobladas, que cruzadas por párrafos sumamente descollados hacían inducir al reo sobre el minucioso estudio que el parecido fementido empleaba en lo escabroso del caso. Don Augusto, obviando el trance de su celado, se atareaba en la revisión de aquellos vetustos mamotretos jurídicos que olían a caducos y lejanos, alguno de los cuales parecía que hubiese dormitado durante toda la eternidad al cobijo de un estante achicharrado por próvidos telares de araña. Pensativo y meditabundo, sus diminutas manos de poblados nudillos surcaban las curvas de su quijada y de sus bravos florines en busca de firmes respuestas.

—No tiene otro remedio que confiar en mí. Solo yo puedo librarle. Su desventura será abolida con el oficio de este humilde servidor. Se lo aseguro —le confesó el letrado con cálculo pesimista y sin poner cuidado en la resurrección del reo—, pues en algún lugar debe de contemplarse alguna eximente. Estos artículos son tan desproporcionados e intrincados que descifrarlos requiere algo de paciencia y dedicación.

—¿Cuánto tiempo? —inquirió aterrado Santos.

—A lo sumo, una semana. No desespere, que lo vamos a lograr —repuso inconcuso el picapleitos, en un alarde de palabra casi molesta, aunque promisoria—. Mire, hace veinte años, *ille tempore* (expresión latina de insólito arraigo en la comarca), que no ejerzo la profesión de legista y, como usted sospechará, tendré que ponerme al tanto de inmediato… Desde ese tiempo pretérito, no se ha cometido delito alguno por estas tierras, ni siquiera un miserable pleito de pan u homicidio oscuro. Y le cuento que eso sucedió cuando al cholo Liandro lo pisotearon enterito después de hallarlo envuelto en sábanas vecinas. Tanto tronaron los huesos al gallote que hasta el entendimiento se le trocó en virutas de aserrín. Días después del luctuoso suceso, don Severo, juez de la provincia, decretó fusilar al esposo por mostrarse demasiado revirado y a la cónyuge por su orientación poco sufrida. A los consortes los inhumaron en el mismo mausoleo familiar. Y al correntío, veinte fosas más espaciado, no fuera que, aun extinto, la afición se le aviniera por costumbre en lo que pudiéramos llamar purgatorio de amor. Si bien entre chismes y hablillas se masculla que recién postulada la noche, cuando los grillos despiertan sus trovas y se escucha el rechinar de las chicharras, la mujer, presa de una fiebre pasional, abandona la fosa nupcial cubierta de olores cavernosos para reconfortarse junto al cholo Liandro y de esta guisa retozar sobre las inscripciones colgadas de las góticas sepulturas. Las chanzas amatorias de los durmientes son tan intensas y descomedidas que en ocasiones los torsos desabrigados quedan tatuados de copiosas cruces o de letras refulgentes, igual que esclavos y rebaños. En los adornos capilares se pueden silabear con trémula facilidad atávicos epitafios de disímiles tintes. Los cuerpos espectrales, salpicados en serosidades y lujosamente embalsamados, arden de pasión. Entonces sus sombras mundanas y arrumadas son proyectadas por la luz lunar en una hilera de lustrosos panteones repletos de crisantemos y flores silvestres. Ya en la alborada, los gritos desatados por los encelados son guiados por los azares de una brisa gimiente, un soplo clandestino que acaba por alertar al zaherido del escarnio. Advertido y sublevado, descarga la ira agitando hasta la extenuación un machete de aguzado extremo sobre un aire hipócrita, deshinchado y hueco. De retorno al sepulcro, los ojos ferozmente fosforecidos centellean todavía en la aurora como el de una alimaña en busca de su codiciado trofeo. Luego ahoga la felonía en las profundidades de la maltrecha memoria, pues a la noche siguiente, acaba resucitándolas en un círculo vicioso condenado a perpetuidad.

Brandon quedó aturdido y perplejo por la veleidad del relato. Sentía una mezcla de miedo y fe ciega que le sugería entrar como en trance. Profetizaba si aquellos delitos de amor, si aquel ritual agónico cuyo frenesí hacía agitar la luz perlada de la noche le dejaría descansar en paz cuando el camposanto le procurase civil asilo. Si bien por el momento tal circunstancia no debería acontecer, pues estaba convencido de que la tenacidad sin límites del viejo letrado le confutaría finalmente de la pena capital.

Los días transcurrían pretéritos, grises y letárgicos entre aquellas paredes mugrientas, sin más compañía que la presencia acaparada por el eco de su propia voz y el rescate de efímeros pensamientos semiolvidados que hacían envejecer una parte de su cara. El jurista husmeaba minuciosamente durante largas horas entre la inmensidad de los mamotretos legales exhumados durante la semana. Tenía el firme designio de redimir al desventurado del espantoso cadalso, de evitar cubrirle el cuerpo con el pesado kilo de munición. Sin dar a la sazón con la tecla apropiada, la promisión se evaporaba con el simple deseo.

Los artículos se mostraban cada vez más inconexos, sin un halo de vínculo siquiera que los relacionara con la materia convivida. Pero ya no había tiempo para pesquisas ni lamentaciones.

El reo sería ajusticiado a la mañana siguiente en medio del patio escarlata, acomodado junto a la cándida sacristía de acusada prosapia agustiniana.

El tribunal, a pesar del ímprobo empeño de don Augusto, tendría que esgrimir unos argumentos bastante racionales, y así lo eran la costumbre y usos del lugar.

Llegó la noche y durante el decurso, Brandon Santos tuvo una ensoñación ciertamente inquietante, un remolino sedicioso que aprisionaba su cerebro con ponderada vehemencia. El olor a miedo, penetrante y sagaz, contribuyó ávidamente a la turbadora pesadilla. Pudo visionar cómo del suelo enfangado surgía un inmenso agujero de una oscuridad y profundidad alarmante. Una brecha abisal, cuyo epicentro no paraba de expectorar millones y millones de ratones como si fuesen engendrados por la liturgia de una plaga bíblica. Sus figuras, evanescentes, se iban desprendiendo vertiginosamente de las fauces de aquel abismo. Dotadas de una animación delirante, ejecutaban vivazmente extraños y variopintos baileteos, brincando y saltando por doquier sin ton ni son. Como en un escenario de variedades, igualmente retozaban por el suelo que rolaban sin pudor por los entresijos del cuerpo entumecido del reo.

Tras la agitación de la noche, el delirio se fue disipando mansamente. El acentuado paspié de danza y contradanza, de avances y retrocesos, antes bullicioso y pulcro, se iba detonando hasta tornarse en escuetos zapateos exentos de ningún tipo de rigor y juicio. No obstante, Brandon percibía que algo sorprendente estaba sucediendo en su interior. A fuerza de palpar con las manos, su cuerpo se le revelaba como una masa amorfa cuya complexión obedecía a los cánones de una geometría ciertamente burda, indeterminada y tosca. La silueta de su cuerpo era como una crisálida eclosionando y abrazando la forma de una sustancia hirsuta y repulsiva. Así era como realmente se percibía. Apreció igualmente cómo su cuerpo se encontraba repentinamente cubierto por una hebra basta y rígida de un color grisáceo, aunque cubierta en algunos tramos de tonos sinuosamente ennegrecidos. Esa pigmentación tan umbrosa, próxima al vasto lomo, se iba atenuando sobre el perímetro de la zona ventral adquiriendo una tonalidad sutilmente cándida. Ante su espanto, las manos tiernas y almohadilladas asieron junto al reo una cola extremadamente larga y pronunciada. Un látigo carnoso plagado de anillos concéntricos que redundaban aparejados, uno detrás de otro, hasta coronar la tilde del vacilante ápice. Pudo igualmente hurgarse las orejas, que parecían hechas de papel calandrado, fino y cartilaginoso. Para más inri, reconoció un hocico puntiagudo que descollaba del resto del cuerpo, síntoma inequívoco del interés. Pendiendo del mismo, unos difusos bigotes se agitaban sensiblemente como floretes, a pesar del estancamiento volátil de la cueva.

Al desplazarse por el habitáculo carcelario, se encontró de forma natural sobre el apoyo de cuatro patas. Pronto pudo percatarse de que, si se lo proponía, lograba erguirse sobre las dos traseras, eso sí, con el acompañamiento de su sublime cola. Sin pretenderlo, se mostraba vivamente inquieto, hasta el punto de aventurarse a emprender saltos enérgicos y a transitar sin orden cierto por las entrañas de las lúgubres y escabrosas paredes, las cuales olfateaba y lamía con la jugosidad crecida de un caramelo teñido de desconocidos emboques. Fue entonces cuando un estremecimiento envolvió todo su cuerpo. Se veía como un animal enorme, vivaz y monstruoso, capaz simplemente de infundir compasión y náusea, reducido insólitamente a la turbadora condición de «bestia».

Su metabolismo parecía que se hubiese ralentizado en un soplo mágico, hasta quedar sumido en un ciclópeo ratón dotado de proporciones monstruosas.

—¡Me salvé! —exclamó perplejo, en un latido de esperanza que incendió sus ojillos negros de roedor.

A Brandon Santos le fueron a ajusticiar con la fresca entenebrecida en un día ausente de las fechas del calendario. Un pelotón militar de mostacho fino y mal arresto lo arrancó de la celda sostenido entre cadenas y silencios, pertrecho, con el rostro barbado, los pies descalzos, los huesos enflaquecidos de hambruna y todavía con la zozobra anochecida de sueño. Del nexo de los grilletes y acoplada, sobresalía una traílla secundaria menos aparatosa que las principales, con el único propósito de guiar al manso hasta el espantoso cadalso parapetado bajo un olivo de estirpe regia. Magnífico Jericó, el suboficial de guardia, acomodó sobre la cabeza del crédulo un capuz negro, con el compasivo propósito de soslayarle de visión tan agónica. Encabezaba el cortejo el padre Resurrección, tirando de la ordencilla del reo con acezante aire de divinidad. Un séquito de subordinados lo escoltaban sosteniendo con brazos sudorosos el magnífico apéndice, al objeto de evitar posibles deslices y contratiempos. Aquella metamorfosis, producto de la brujería, como así la calificó el alto tribunal, no sirvió de eximente al penado, considerando los prefectos que en estos casos la ejecución era lo más aconsejable desde una perspectiva eminentemente jurídica. Brandon Santos

José Isabelino Orellana Purificación de Jesús Dawson Becerra Escobar murió confianzudo, como lo hacen los profusos, desdichados e infelices transitando la vida, presos de la injusticia y aciagos por el devenir trágico del entreverado destino incapaces de descifrar. Su homónimo, prensado en la cubierta del neumático, perseveraba tozudo en su actitud, apostado sobre el caucho suicida con los ojos vivarachos y el rabo retorcido palpitando de regocijo al encuentro con los primeros rayos de sol…

-¡Oh, irredento ser, qué lejano estoy de lo humano! ¡Señor, perdóname por tan desmedido pecado! —masculló el desventurado antes de que el redoble de tambores espantara la culpa y acallara el estrujo de la indomable balacera, agitada por el alineado pelotón de fusilamiento.

Tras el fatal escarmiento y con la ancianidad en la sangre, don Augusto, tan diminuto como siempre, perseveraba aún en el sano propósito de prender, entre los vetustos y descuadernados tratados jurídicos, la eximente concluyente que apaciguara su conciencia y dejase impoluta la reputación, honestidad e integridad de la profesión letrada. Para las disquisiciones se hizo merecer de dos escribientes de título a cual más tenaz y voluntarioso. El empeño mostrado por ambos en el laberinto de legajos fue de tal magnitud que al tiempo quedaron limitados a simples muñecos de pergamino, pues una epidermis de contenidos jurídicos se fue extendiendo hasta hacer colonia perpetua en cada uno de los capilares usurpados. En sus caras, pechos y extremidades se advertía con asombroso deslumbre tramos conexos de la enjundia legal convivida. Incluso, para el desespero, se podía visionar el parámetro honorable de una sentencia fallada por la Corte Suprema estampada, aunque algo mutilada, a lo largo de sus partes más pudendas. Don Augusto leía y revisaba el parrafeo de los cuerpos legales lupa en mano, evitando de esta forma caer en engaños y trampas de enfoque. Acechando con ojo de águila las zonas más comunes, pues entendía que en estas pudiera encontrarse la respuesta, aunque venida a destiempo, de tan aguzado misterio.

Con la fecha ya revuelta e intempestiva, nunca se supo con certeza si el juicioso enigma quedó soterrado o si, trastocado, vagaba a la deriva entre los errantes, tortuosos y movedizos vericuetos de la caprichosa justicia.

La diosa divina

*Hay puñales en las sonrisas de los hombres;
cuanto más cercanos son, más sangrientos.*
William Shakespeare

Al desperezarme de un sueño reparador e infinito, sentí una sensación extraña, pues una silueta en suspenso con una mirada furtiva pero penetrante me acompañaba desde las penumbras más replegadas y recónditas de mi dormitorio. Icé la cabeza cuanto dio de sí, de tal manera que hasta sentí el desuello inquino de disociarme de mi hercúleo espacio troncal. Tras la asestada contorsión articular, derivé la vista hacia cada uno de mis costados con el propósito de revelar, con el gesto atropellado, la figura de aquel ser informe, inconexo y ciertamente volátil surgido de la nada. Tal vez se tratase —sospechaba— de un espíritu etéreo, de un cuerpo vital representado en alguna de sus múltiples divisiones y rituales dobleces. Empapado por el aire oscuro, escruté con el tiento torpe la mesilla, que se encontraba, como era costumbre, agobiada por una montaña de imágenes piadosas y mementos de dudosa ilustración que me servían de distracción en mis largas noches de insomnio. Maniobrando con intenso socorro pude alcanzar al fin el codiciado pulsador de corriente.

Succionada la oscuridad, en un instante todo quedó más visible a los sentidos, diáfano, sin claroscuros que nublaran vista y razón. Aprecié entonces con estupor que asociado a mi regazo, envuelto en pelaje de sábanas, surgía un personaje de una singularidad extrema, pero absolutamente real. Se trataba de un personaje extraordinario, de figura exageradamente filiforme, con brazos y piernas excelsamente prolongadas y una cabeza angulosa de la que surgían dos ojos espaciadamente claros tan cóncavos y salientes que parecían huir inexorablemente de las hornacinas oculares. Sin embargo, al poco, lo más notable de semejante ser serían los continuos brincos ejecutados sin desmayo sobre el trampolín dispensado por el colchón de mi descanso, ya fuera sobre su propio eje o regodeándose en inverosímiles espacios más o menos ralos. Sus piernas, a modo de ancas, le proporcionaban al ente la suficiente propulsión para tan titánicos respingos, pues sin apenas esfuerzo, aquel portento tan gentil se encaramó a lo alto del debilitado lamperío tras propinar un salto urgente y vertiginoso para después entretenerse en asear el contorno de una nube de insectos voladores no identificados.

Aquel brincar repleto de plasticidad, elogiable tanto de planta como de alzada, consiguió aguantarme hasta el vivo aliento. Desde la nueva perspectiva, aquella criatura insólita se me revelaba con la majestuosidad ritualista del tribuno romano. Así, oteaba con excelsa curiosidad la inmensidad de los puntos cardinales consagrados en el horizonte habitacional, ahora repletos de escandalosas cuadrigas invisibles y disciplinadas legiones ocultas. Una párvula mueca de reprobación por mi parte le devolvió *ipso facto* a su posición más primigenia, gesto que de veras me congratuló al advertir la sumisa docilidad mostrada por alma tan aparente. Confiado por el rédito de la patente capitulación, me aventuré a conquistar un cuerpo que se mostraba apreciablemente dúctil y engrudo al tránsito de la tenue palma de mi mano. Como el bebé en el regazo nidal de su protectora madre, así se me revelaba tal ser de cándido e inocente. Pero en un instante el destino azaroso todo lo trastocó, pues con un jadeo vibratorio y asfixiante, el anuro filiforme, asido a su terca condición de depredador, me atrapó en su enorme embocadura, engulléndome con tal voracidad que parecía que me encontrara inmerso en el catálogo de su más selecto dietario de invertebrados. En un santiamén asomó en mi mente la revelación de todos los misterios hasta ahora en sombras: los vívidos recuerdos, la amistad equivocada, el falsario cicerón, los viajes compartidos, el odioso interés bastardo y miserable por la fortuna, la ingratitud impía y los sórdidos consuelos. Revelada la verdad, el oprobio se trastocó en libelos de mal augurio, injustos y desalmados para mi persona.

Soy consciente de que ni en el más recóndito de mis sueños ni en lo más subrepticio de mis fantasías podría haber adivinado jamás que la amistad, ¡oh, la diosa divina!, tuviera forma de traición.

Felisberto

Los monos son demasiado buenos como
para que el hombre pueda descender de ellos.
Friedrich Nietzsche

Aquel día Felisberto ofrecía un aspecto harto quebrado. Ahogado en una limosa tristeza, parecía como si una maldición hubiera detonado de lleno su condición de rucio duro y aguerrido. Siempre atareado en rutinas de nunca acabar, venía de acarrear la leña de envidias y de maldades, de rumiar rencores al cuidado de un rebaño de hombres a medio amaestrar. La doma de humanos era desde el punto de vista de un advenedizo tarea harto compleja, pero para Felisberto era algo intrascendente, haciéndose valer desde siempre de su infalible instinto natural. Porque los jumentos son sabios ilustrados en la doma de seres humanos, producto más bien de una observación astuta de la naturaleza que de un estudio metódico encorsetado en el aula magna de una facultad de Química o Geometría. En la gravitación de estos animales, lo innato de los sentidos se agudiza hasta lo más insospechado. ¡Pero, maldita sea, cómo no han de hacerlo si durante generaciones han sido atropellados, vilipendiados y arreados con crueldad en lomo y costados!

Rucio Revenga, el humano limpio de pecado, se encontraba en ciernes de abandonar la granja después de unos años paciendo en su armazón. Felisberto, aunque en actitud rumiante, se mostraba gravemente compungido con la partida de aquel humano lleno de candidez y ternura. Le había tomado un apego especial, incluso, por qué no decirlo, familiar.

Con el primer esbozo de la mañana arribaría en tropel a la hostería una nueva remesa de granujas y malhechores. Hombres y mujeres sin rostro, extraños y locuaces, de conversación hueca y de rebuzno zafio. Seres de la peor calaña y condición dispuestos de soberbia, envidia, ingratitud y todos esos rasgos tan enraizados en la especie. Pero Felisberto estaría allí, dispuesto y compasivo para amansarlos, para reciclarlos en candorosas personas de bien, alerta de curar sueños imposibles. Con la dicha de pensar que los hombres no eran, ni mucho menos, una raza rara, ni siquiera inferior, sino simplemente diferentes.

El campo de humanos a veces se hacía grande, inmensamente grande para un solo jumento. Sin embargo, un día llegaría la amarga pero esperanzadora despedida y para entonces seguro que el mundo se habría hecho algo mejor.

Loa al no fumador

De lo absurdo nace lo racional.
José Luis Márquez Martín

Continúo sin fumar. Y confieso que jamás he fumado. Cuando empecé a no fumar prometí que estaría sin fumar durante el profético espacio de un tiempo cierto. Pero el tiempo expiró y juro por mi honor que no he podido dejar de no fumar. Ahora bien, como soy previsor seguiré intentando dejar de no fumar, aunque, como suscribo, jamás de los jamases haya fumado. Dilema de la vida.

La mujer casi calva

Me falta tiempo para celebrar tus cabellos,
uno por uno debo contarlos y alabarlos.
Antonio Skármeta

Tanto dolor toleró, tanta tortura infligida, tanto desespero que el tormento acabó por derrotar su crencha en otra hora resplandeciente y espléndida. Dos sortijillas mal avenidas, dos mechones como de artificio, solitarios e inmunes, transitaban de manera fortuita por su desguarnecida testuz de mujer casi calva.

Cada atardecer, con la esperanza de devolverle su estima, la mujer acicalaba con denuedo y grácil coquetería las pelusas hilosas con un producto regenerativo de color amaranto. Aquel brebaje de última generación se había convertido en fuente de su credo, en parte de su ser. Alentada por la fuerza de la fe, la mujer casi calva intimaba con el provecho en un ritual de lágrimas enormes crestas de espuma y un eco silente estremecido de algo parecido al miedo.

Aquella tarde, como todas desde que el tiempo la quebrara, acudió al encuentro del espejo con la abrigada promesa de verse envuelta en su rala cabellera. Y así fue, pues esta vez la esperanza obró el milagro de devolverle su lustrosa melena y la sorpresa intestina de aditarle una barba guindada y borrascosa cuyas hebras se iban sucediendo como una cortina insociable hasta rozar el gollete de sus sugestivos senos de algodón. Así son las cosas de la fe.

Tan sencillo como eso, señora

Me gusta navegar en la locura,
porque es donde más cuerdo me siento.
José Luis Márquez Martín

A Alguien le han diagnosticado una enfermedad terriblemente espantosa y consuntiva. Alguien se encuentra en trance de muerte. Pocas esperanzas hay de que reserve la vida. Un espíritu diabólico vaga por su materia temporal devorándole las larvas del mismísimo aliento. El oncólogo principal del dispensario clínico de las afueras le comunicó el infortunio sin apenas rodeos, de manera gentil, con pulso y tiento divinos a fin de no soslayar su sensibilidad de *homine invalidum*. Pero el comedimiento ha caído en saco roto. Alguien no se resigna a entender. Su agonía se agrava cada minuto, cada segundo, cada instante. Desahuciado gravita con la furia de un horrísono trueno barriendo el hueco más cetrino del desierto. Desnortado se ofusca en ahondar en la misma plegaria:

—¿Por qué a mí? ¿Por qué yo? Si siempre he obrado con caridad, sin maldad ni egoísmos, como buen padre de familia, como mejor consorte. Si nunca he hecho el mal a nadie. Te juro que jamás he levantado la voz al prójimo, ni aplastado la flaqueza del espíritu de una indefensa hormiguita. Tú lo sabes, buen Señor. Y tú conoces mejor que nadie mis actos. ¿Por qué entonces cargas tanta crueldad contra mí? ¿A qué viene esta desdicha? ¿Acaso no rezo más que los demás? ¿Acaso no soy mejor discípulo que ellos?

La diosa silenciosa de cuerpos y almas ya irrumpió en el corazón de su morada, hasta el punto de que el leve roce de su apariencia planea en cada arista de una faz cada vez más notada y mortecina. Unos pasos más y todo se acabó. Todo. Absolutamente todo.

Para Dora, el abuelo era, sin reservas, un pedazo de carne arrugada que no reparaba en reiterar anécdotas absurdas de manera compulsiva y teñir los pañuelos de flemas vivas e incandescentes. Una certera patada al filo de la escalera y de súbito se acabó. Te juro que de un sopetón aniquiló a su natural ascendente. Sin miramientos ni reconcomios. De la misma forma que una trucha abate la confianza de una gusarapa guarecida en el revuelo que forma la corriente.

Cambiando el viento, la señora Delfina, la vecina de abajo de los ilustres poetas Bolívar y Ledesma, es alma solitaria.

—¿Y a qué viene todo esto?

—Puede que venga a colación al decir que en esta santa casa solamente tu padre goza de libre albedrío. La escoba y la bayeta las administro yo, con tiento y manos de sabia. Y tú, cállate. No me andes pidiendo cuentas.

—Ya, pero es que lo del abuelo de Dora clama al cielo. ¡Pobre abuelito!

—¡He dicho que te calles! ¡Aquí el único que exhibe, el único que ostenta el libre albedrío es tu santo padre! Así que chitón.

Calixta ya no habla con su hermano Fermín. Dejó de encariñarse cuando este obtuvo el número uno en las oposiciones de ingreso en el Cuerpo Pericial de Sexadores de Pollos, una plaza sacada a concurso público para cubrir un puesto nada menos que en el Ministerio de Agricultura, Pesca y Alimentación. Una hazaña profesional sin precedentes en la genealogía familiar de los Bermúdez que les confería por derecho propio a ocupar una posición en el mundo.

La hermana de Fermín había incubado el germen cainita en el umbral de la pubertad, alcanzando su zenit de virulencia con el tránsito a la edad madura. Seguro que la virosis se le desvanecerá cuando el sexador de pollos agonice o le brote una larga y grave enfermedad. Para el caso, la maldición de Dios se le habrá esfumado de un soplo.

La madre de Calixta y de su hermano afirma que las oposiciones de sexador de pollos son tan sañudas como las de juez o, incluso, tan arduas como las de médico forense. Aunque si cabe con menos articulado y embrollos mentales que estas, pues diríase en su trastocado entender que demasiada educación atonta. La señora Villamir Mir discurre menos que un pepino de mar, pregona el acontecimiento a bombo y platillo a toda la vecindad en lo que dan de sí tres manzanas de edificios, a todos los géneros universales dotados de substancia y naturaleza, ya sean las plantas que dan lustre y esplendor al ventanal del alongado corredor, a Parlanchín —el gato mudo de nacimiento—, al vetusto cielo y, ¡en fin!, al conjunto de todo lo que le sirve de expresión en cuanto a la materia de las cosas se refiere.

—La de sandeces que se pueden decir por escudar los afanes y logros de los retoños.

—Cambiando el viento, no sé cómo pude salir el sábado a la calle con esos pelos, tan tiesos, tan desaliñados, tan abandonados, tan descompuestos. Ignoraba si los rulos se estilaban todavía, pero

Fefi, mi peluquera, nunca falla. Por eso le dije a Fefi: «Fefi, haz lo que buenamente puedas». Porque las manos de Fefi son realmente prodigiosas y llenas de sabiduría. Me dejó bien acicalada y empingorotada, como un bombón, o por lo menos eso dijo mi Paco cuando me vio entrar en el *hall* de la pensión Pentecostés: «¡Cari, qué guapa estás! Pareces un bombón andante».

—Tan sencillo como eso, señora. Tan sencillo como que Fermín, el hijo de la señora Villamir Mir, aprobó las oposiciones para ser sexador de pollos. ¡Y qué difícil lo tenía!

—La señora Villamir Mir dice que se estima, por estadística inferencial, que las oposiciones de sexador de pollos son tan laboriosas como las de juez o las de médico forense y que su hijo estuvo tentado en varias ocasiones por ventear las dichosas pruebas de género para centrarse en labores más banales como el juego de boliches. Al final no pudo resistirse a la persuasión del diablo y claudicando terminó por ejercitarse en las de ilustre sexador. Un entusiasmo estimulado por un sueño súbito de infancia.

—Cambiando el viento, ¿sabes si el abuelo de Dora vestía rulos?

—El abuelo no, pero Dora los mostraba bien acoplados y atusados hasta en el sepelio del viejo.

—Pues vaya desfachatez. ¿Y tú cómo crees que tiró al abuelo, de empujón o golpe bajo?

—Con coraje. Lo despeñó con coraje y mucho aplomo. Obstinada y segura del vuelo criminal. Para luego rematarlo con maña de matarife consumada.

—¡Qué horror! ¡Qué espanto! Hay gente que se complica demasiado la vida con estas tramas. Con lo práctico y socorrido que es la tonificada de ansiolíticos, sin mixturas ni artificios.

—Cambiando el viento, Fefi sí que es un bombón. Un bombón dulce y seductor, relleno de un embriagador licor de melaza al dente de roja pasión apasionada.

—¡Y qué profesional!

—Ya sabes que nada tiene que ver. El arte de la peluquería es una cosa y otra bien distinta es topar con el sexo de los pollos. Vista y tacto son afines a las dos atenciones. Diría que el secreto del buen sexador está en el arte de tantear con la yema de los dedos, blando y bien suavecito.

—Así es. Sin hurgamientos rudos ni arrimos atropellados.

—Fíjate con discreción en el tacto del cabello de doña Lola. ¿No me digas que no es igual al sexo de los pollos?

—Cierto que lo es. ¿Te imaginas que nos descubriera? Nos condenaría al mismísimo averno. O peor aún, nos arrancaría el hígado igual que el águila lo hizo con el crédulo Prometeo.

—Diana, ¿te imaginas?

—¿El qué, Nora?

—¿Ser sexador de humanos?

—Ji, ji, ji. ¡Tienes unas cosas!

—Cambiando el viento, ¿sabes que Carlos Manuel está prendado hasta los huesos de Manoli, la hija mayor de Manuel y Manuela?

—Algún comentario oí en la peluquería de Fefi. Sospecho que la hija de Manuel y Manuela lo está devorando con sus modales refinados de chica bien.

Fermín, el hijo de la señora Villamir Mir, tomó posesión de su cargo oficial con la cabeza alta y el orgullo bien crecido, como mandan los cánones del buen ejercicio funcionarial. Su primer día como sexador ha sido confuso y estrambótico. Para dar halago a los sentidos, el agraz se hizo dispensar de un trono de segundo imperio francés con mullido asiento de terciopelo encendido y de una mesa refectorio estilo Tudor provista de dos campanillas de plata de ley. Igualmente procedió a engalanar las paredes tentando la vista con diversos trofeos de caza y un escudo de armas familiar hasta ahora inexplorado. Todo el mobiliario fue adquirido a un chamarilero de un establecimiento del centro cuyo rótulo presagiaba un futuro alentoso: «Bazar La Ocasión, compraventa e ilusión». Para transcender más el histrionismo, a cuenta de trabajar en un ambiente realmente doméstico y común, se acompañó de Telémaco, un majestuoso búho real de rutilante plumaje, embalsamado por la fuerza maestra de un afamado taxidermista burgalés. La rapiña, a pesar de su estado vegetativo, ha puesto en jaque la apariencia serena de los polluelos, a los que ha habido que amansar con empleo de tiempo a base de trato y sapiencia. Las manos del novel sexador se han agarrotado con los primeros refriegues, dando al traste con la ortodoxa disparidad de género. Bajo un caos de trinos y reclamos, especímenes de pollo hembra fueron confinados con los de macho y especímenes de macho con los de hembra. El adocenado proceder ha excitado la mesura del gerente ministerial, que ha sufrido una subida de tensión repentina, si bien pasajera. Al final, aunque con refunfuños, todo ha quedado en un ahogo, entendiendo que hay que ser beligerante con los desmanes de los más incipientes.

—Decisión piadosa que no hace sino honrar su persona de regente responsable ante semejante tramoya.

Cambiando el viento, Alguien, esperadamente, agonizó el pasado lunes. Se le acabó el aire en un suspiro, con el amanecer receloso y ausente. «Una pérdida irreparable», aluden sus más íntimos. Estaba tan acomodado y sumido en sueños de doliente que el embelesamiento terminó por dilatársele a perpetuidad. Más allá de la existencia y de sus lindes.

Aunque Alguien opuso resistencia de espartano, claudicó. Rindió su alma como el resto de vivientes, como un héroe de leyenda, con un bufido profundo e insonoro, con un vahído piadoso de adiós perenne y alongado, con la honrada consumación del ser, estar y parecer. Ya se lo llevan a la sala fúnebre. Nunca hizo lo imposible para que la eterna separatriz no atrapara de un zarpazo a su marido. Con el propósito de pasarlo inadvertido, lo encajó en lugares insólitos calculados con exquisito empeño, escondrijos a cuales más ingeniosos, absurdos e inverosímiles. Primero lo acopló en una inmensa colmena plagada de miles de abejas que no cejaban en el empeño de aguijonear aquel cuerpo extraño enfundado en una escafandra de defensa. Después lo acomodó en la madriguera de un sinfín de conejos silvestres con la sólida idea de escapar del peligro acechante por alguna de sus innumerables salidas de emergencia. Y, por último, lo sostuvo por los hombros en el tendedero de secado de la ropa, con unas pinzas especiales de carga que de sobra se bastaban para contener al menguado cuerpecillo. Todo en vano para burla de la muerte. Porque debemos resignarnos a que no hay lugar ni disfraz insólito que esta desdeñe. Que no hay efugio alguno que evada a su pavoroso paladar ni a su patibulario apetito.

Antes de rendir el cuerpo del finado, la enlutada se encargó de entretener al tiempo. Tenía la firme convicción de que el cadáver volvería en sí de aquel antojo, de que regresaría de aquel mal trance tonto y pasajero, de que saldría del otro lado para darle de nuevo cariño y calor de cama. Firme en la esperanza de que se lo devolverían ya redivivo. Sin el ansiado retorno, atemperó las ganas cediéndolo a mejor criterio, con resignación de culto. Este *itinere* fue causa de que el hipado llegara a las exequias algo descompuesto ya de carnes. Con la cara supurando dolor y las vísceras cociéndole de resudores mefíticos que hacía parecer que llevara meses de entierro. Envuelto de un vaho virulento que no reparaba en azuzar la entereza de la fila de dolientes.

Fray Milagros, el oficiante de difuntos, inclinándose ojeó estremecido al insepulto con amplio detalle. La cara curtida de desmayo, las fulguraciones ictéricas, así como la profunda resignación, eran síntomas inequívocos de que el ajetreo se le había hecho extremadamente fatigoso. Al extremo de preguntarse, con la respiración contenida, cómo Dios Padre podía dejar actuar a la muerte con tan libertino despecho.

Nunca, sostenida por el luto, no medía las lágrimas, ni el griterío de lamentos, ni la desdicha. Si bien más hendida iba a quedar cuando Zacarías, el cuidador de muertos, le advirtiera sobre la imposibilidad de procurar al marido cristiana sepultura.

—Señora, no queda tierra para muertos. Ya no queda tierra para muertos.

El rostro de Nunca se desplegó en horizonte. ¿Era justo soportar tamaño chaparrón de puñaladas?

El capellán de almas sirvió a Alguien los últimos ritos religiosos. Abriendo los brazos, rogó clemencia y, con el dedo en ristre, exhortó enojado que ya no cabía un soplo de Dios en el cementerio de Los Misericordes, tierra sagrada donde hasta las letras lapidarias no reparan en llorar y gemir su existencia.

A fin de conmover el corazón de los ya asentados, los últimos entrantes habían fallecido con una deliberada sonrisa en la boca.

Una estratagema de enternecimiento escénico que les brindaba la esperanza de arrancar un hueco para su acomodo. Pero con el correr del tiempo, los implantados, cada vez más estrechados, se rebelaron mandando y bostezando a viva voz la pomposa sentencia: «Prohiberi ingressu fratre mortuo terra non dat».

—¡Qué tiempos tan desalmados! ¡Tan contrarios! ¡Tan crueles! ¡Tan desarreglados! Se perdieron los valores. Ya ni los vivos miran por los muertos ni los muertos siquiera por ellos mismos.

—Cierto. Ni entierran ni dejan enterrar. Mira si entre todos no podían procurarle un huequito de tibio hogar al entrante. Una fosa convenida de recién caído. Un nicho acomodado y rechulo donde glorificar su merecido pedacito de eternidad, donde extender el descanso de por vida.

—¡Ay, si una osamenta indulgente lo tuviera a bien y se le arrimara a Alguien para rendirle una miaja de calor de osario!

—Es que vamos…

—¿A dónde vamos?

—Yo voy al sepelio a presentar mis pesares. Pero antes me desligo del amasijo de rulos. No quiero que me suceda el quehacer de Dora con su abuelo.

—Iré en el tranvía de la línea nueve y treinta. El tranvía de la línea nueve y treinta es menos sufrido que el resto de los transportes del servicio municipal, que acaban tardando un horror. El tranvía de la línea nueve y treinta tiene los asientos de cuero como los Rolls Royce ingleses y apenas le chirrían los frenos. El trayecto de esta línea te redime de trasbordos absurdos e inconsecuentes, de ascensos, de apeos, del arduo trajín de doblamientos de miembros, de quebrantamientos azarosos y pavorosas distorsiones tan temerarias en esta nuestra «segunda adolescencia». Media hora y *voilà*.

—Hablando de muerte, yo cuando fallezca quiero que me achicharren de arriba abajo, desde la cabeza a la punta de los pies. Que no quede absolutamente nada, ni la más mínima sospecha de mi ser.

—¿Ni siquiera cenizas?

—Ni una pavesa de juicio o de saber. Es más, te diría que ni el más recóndito vestigio de pensamiento o cavilación que pudiera rebullir en la atmósfera tras el celoso escaldado.

—¿Y tus órganos…? ¿No los quieres donar para salvar vidas?

—No. Lo que quiero es ahorrarles el dolor de prolongárselas.

—Uf…, qué tema más escabroso el de la contravida.

—Cambiando el viento, Manoli, la hija de Manuel y Manuela, está devorando con sus buenos modales y sus artes cartesianos de mantis religiosa a Carlos Manuel, un hombre de sutiles intenciones provisto de una cabeza venerable y de un corazón bien rendido, de esos que apuntan a verdadero. Empezó su cruzada en la fase embrionaria y paulatinamente le fue fagocitando con sutiles engatusamientos de seducción y buena crianza. Vaticino que terminará por engullirle por completo con esas formas tan sofisticadas y superiores de cortesía. Él no repara en la cuita porque el amor es ciego. El amor es inmaterial y volátil. El amor está hecho de un sinfín de retazos. De un poco de todo. De aquí. De allí. De gestos. De pasión. De pactos sin palabras. De juegos y sacrificios. De mordiscos. De locuras y rastrojos. De cariños y aromas. De roce de mejillas. De diligentes babas. De redentores bidés de hostería. De azares. De besos furtivos y de colmados juegos. De batallas monótonas. De perdones. De suicidios y de corazones rotos. De mesa camilla. De lunares ocultos. De aquí te pillo y aquí te mato. De manos hábiles y gritos lascivos. De ráfagas instintivas y nerviosas. De ronroneos deliberados. De bestias saciadas. De terrones de azúcar y de embriagadores vinos bajo el fulgor de una luna a punto de crecer.

—¡Me ahoga la ringlera! ¡Por Dios, qué derretimiento! Lo cierto es que la feminidad diligente de Manoli es voraz, provista de una fragancia oscura y extrañamente pudibunda que está sorbiendo hasta los recelos más embalsamados de Carlos Manuel.

—Ignoro cómo acabará esa relación de aire de comedia.

—Pudiera que con el sacrificio del altar, allí donde el amor se hace ley.

—¿Sabes que para que el cabello quede reluciente se debe enrollar al rulo en dos vueltas desde la punta hasta la raíz?

—Lo ignoraba, pero no dudo que si Manoli llevara rulos, acabaría con la relación hedónica y existencial de Carlos Manuel. Porque el rulo, símbolo de lo cotidiano y doméstico, tiene un prurito de algo más. Diría que de chabacano, de vulgar, nada acorde con la elegancia y distinción de Carlos Manuel.

—Mira, te digo que al final no voy al velatorio de Alguien. Es que me viene a la memoria que él no apareció ni en gesto en el de mi Cándido José.

—Ya entiendo. En esas cosas hay que obrar con rigor y no caer en sentimentalismos ni en emociones absurdas. Y si tampoco le hizo ni una salva…, pues…

—Qué mala cosa la envidia.

—Apaga la luz, que te va a caer la mosca encima.

—Ahora que dices lo de la mosca, me atrevería a especular desde un punto de vista ontológico, claro está, que las envidias son como los revoltijos de las moscas, altivos, imprudentes y siempre dispuestos a sacudir la paciencia.

—Tan sencillo como eso, señora. Tan sencillo como que los vuelos de las moscas, atrevidos y molestos, tienen como propósito disuadirnos de la realidad. Como lo hacen los políticos atronadores con sus infames discursos o los hechiceros mutantes con sus ilusorios numeritos de consabidos tejemanejes.

—Yo sé de personas cuya racionalidad se asemeja y mucho al de las moscas. A veces me planteo el dilema de si los humanos descendemos realmente del *Homo sapiens*, del *Homo erectus*, del pitecántropo…, es decir, estrictamente de monos antropomorfos. Puestos a discurrir, soy propensa a que la envidia, tal como apuntaba la sabia escuela helenística, emana inexorablemente del ser de las réprobas moscas *Brachyceras*; las azulinas personalmente me rechinan.

—Sí, son como la envidia, latosas y vomitivas. Lo contrario que las moscas de los sonidos escarlatas, cuya magia semejante a la de los alrededores del viento aletea doblemente anunciando los buenos tiempos.

—Cambiando el viento, ¿sabes que he vuelto a releer *Cien años de soledad*? Voy camino de la decena. Y no desmayo. Aunque pudiera parecerte una locura, quisiera abordar las cien lecturas antes de que el tiempo me sumerja en soledades de vieja turulata. Antes de que el olvido atropelle mi pensamiento de cristal convirtiendo la impura torpeza de desleer lo ya leído. Sería un sacrilegio incorregible.

—Sin duda, mágico texto.

—Hablando de los tortolitos, te digo que Carlos Manuel es un hombre muy distinguido. Saca el humo por la nariz y lleva un soberbio anillo de oro viejo engranado en el dedo meñique de una de sus manos. Él no ha leído jamás *Cien años de soledad*, pero no desfallece de besar a su novia, Manoli, la hija de Manuel y Manuela. Tal vez tenga miedo a la soledad. El novio de la aprendiz de Afrodita todavía no ha experimentado el ejercicio de la duda ni de la celada, pero yo creo que está al caer. No hay amores que duren cien años. Aunque si por las soledades fuera…

—Verás como en cualquier momento la mosca se le pondrá detrás de la oreja a Carlos Manuel. Espero que no sea azulina. Qué asco y qué desengaño eso del desamor.

—Y las moscas gozadoras. Y las envidias. Y los rencores de traspiés.

—Por cierto, ¿sabes que san Narciso es el patrón de las moscas?

—No. Nunca pensé que a un insecto pudiera concedérsele el honor al patrocinio. Aunque tampoco debe ser tan descabellado, pues hoy todos los días tienen su notoria y merecida solemnidad. ¿Recuerdas?, se principió el Día Internacional de la Halitosis Aguda, a continuación, el de la Fecundidad de la Luz por Aspaviento Invertido para paulatinamente ir degenerando en celebraciones menos azarosas, pero no menos sustanciales como el Día de la Risa Contagiosa, el del Tranvía con Ojos de Sapo Azul, el del Colibrí con Abrigo de Visón. Y así correlativos tantos y tantos otros. Para los más curiosos, el último que ha decretado y hecho oficial la ONU, después de un plan de acción harto controvertido, es el Día de la Marmota Enamorada.

—Es que esta organización está en todo.

—En todo menos en lo que tiene que estar… Mira si no podían glorificar y hacer respetar el Día de los Derechos Humanos.

—A mí, en confianza, el que más me seduce es el Día Internacional de la Fagocitosis del Reno Precoz en el Valle de las Medias Verdades.

—Hay tantos motivos, tantas cosas por festejar, tantas ansias por celebrar.

—Y qué bonito ensalzarlas y profesarlas. Yo bendigo el Día Internacional de la Siesta en Mecedora de Bambú Estilo Thonet con Rejilla a Medio Trenzar. Tan sencillo como eso, señora. Tan sencillo como que las mecedoras nacieron en el siglo de las luces, allá por el siglo XVIII, iluminando con su silente balanceo los pensamientos más ilustrados de intelectuales, filósofos y políticos de tan venturosos días.

—Intuyo lo que me vas a preguntar. Por favor, desiste, no lo hagas.

—Conforme, aunque no sé si me podré resistir.

—Bueno, te voy a responder porque no me dejarás tranquila hasta que oigas la maldita respuesta. Pues bien, para tu silencio te digo que las moscas no usan rulos. ¿Conforme? No los usan.

—Gracias. Me quedo en paz. Es que sería ya el colmo de los colmos.

—¿El qué?, ¿el Día de la Coliflor con Sabor a Político Honrado?

—Me pregunto quién pone aquí el sentido común.

—El sentido común lo pone aquí tu padre con el sacrosanto del libre albedrío. Como siempre ha sido y será, *in saecula saeculorum*. A rajatabla y a fusta de arreador. Legitimado por su condición de *pater familias*. Si se me permite, de *homo sui iuris*. Así que nada de repulsas y atracciones. Nada de enojos ni de correlatos. Nada de teorías ímprobas y sofísticas de agoreros o políticos, ni de la madre que los trajo al mundo.

—¿Que los parió?

—Sí, que los trajo al mundo.

—Hablando de soledades, ¿sabes que la señora Delfina está absolutamente desamparada?

—Un estallido de lenguas me lo aireó. Escucha esto que te digo. Se encuentra tan misántropa que, gimiente, fantasea personajes con el fin de sentirse acompañada. Tiene varios figurantes a su alrededor que cohabitan deambulando de aquí para allá por las piezas desocupadas de la casa. Dirige la chifladura con mano diestra para que los errantes no caigan en desobediencias ni faltas de gobierno.

—La soledad suele concebir perniciosos ensueños, pero ¿se puede saber quiénes son esos tertulios tan abstractos?

—Yo sé de cinco. Desconozco si ronda alguno más. Un señor embutido en años con barba caprina y uñas de guitarra llamado don Arístides. Don Arístides está siempre ataviado en batín, con pantuflas de fieltro y atareado royendo ociosamente con sus anteojos ahumados el diario *AS* entre sus manos de gallina. Una misteriosa mujer de vida alegre llamada Leonor, agraciada en cada una de sus vertientes y que maravilla por sus artes filantrópicas. Un joven tenor lírico rubicundo, con nariz estéril de la que parece sentirse francamente orgulloso, llamado Angélico. Angélico no descansa de ronronear por cada pieza pasajes de *La traviata*: «Questa donna conoscete?…» o «Prendi, quest´è l´immagine…».Y un amante menudo de aire plácido y andar silencioso que responde al nombre de don Gregorio Jr. Azpitarte, un ser prácticamente real, como de carne y hueso, de ojos seductores y manos expertas que pone el delirio al servicio de las soledades de su mentora. La señora Delfina se muestra prudente con el servicio, pues recibe a don Gregorio Jr. Azpitarte a medianoche para no levantar sospechas ni rumores de calle. La dama señorea unas abultadas caderas floridamente definidas que don Gregorio Jr. Azpitarte, aun cojitranco, no rehúsa en aupar, asiéndolas con la devoción innata de una lapa de brega para luego sacudirlas con una furia de muerte. Al alba, la señora Delfina despide al osado jinete con la sagacidad de un lince solitario. Se dice que cada viernes don Arístides y el tenor participan en el común parentesco y que, contrariamente, la misteriosa daifa se recoge por ser terriblemente decorosa. En estos conciliábulos hay que ser siempre cautos, respetuosos pero cautos. Cuanto más insondable sea el contubernio y el solapado placer, mejor para los acólitos. Ya se sabe las dimensiones que pueden alcanzar estas comidillas de relaciones volubles y locuaces en conciencias demasiado escrupulosas.

—Pues no sabes lo que daría yo por sentirme revoltosamente libertina. Poder pujar en esas chanzas pasionales, en ese desenfreno, en esa relajación de costumbres, en esos amoríos furibundos de secreteados hechizos y de inveterados juegos. Primero lo haría con uno. Luego con la otra. Más tarde con esa. Después con ese. Con todas y todos. Con la luz encendida y, después, con el tiento, apagada. Con boca y sin boca. Con lengua y sin lengua. Con todos los sentidos del universo desde Andrómeda a Casiopea. Con la piel azuzada. Con refriegas incendiadas de pasión. Mira que aquí te pillo, mira que aquí te mato. Pecho contra pecho. Como los extranjeros. Como los gatos. Con impulsos de toro bravo rezongando, embistiendo el afronte, la reata o el revés. No continúo con la ringlera que el venteo me hace desfallecer.

—Oye, ¿y qué te parece en la mesa camilla?

—Una pincelada victoriana no desmerece nunca.

—Si la memoria no me falla, te falta un personaje. ¿No eran cinco?

—Sí, falta la maldita y siniestra mosca de rulo emperchado.

—Bendita memoria.

—Ahora que hablas de caer, ¿adivinas quién ha acabado postrado?

—Ni la más remota.

—Sin ánimo de metomentodo ni de mala lengua, acaba de doblegarse Carlos Manuel.

—¿A la evidencia?

—No, a la fiebre griposa. Un sordo desvanecimiento tiene postrado al confianzudo con calentura.

—Mujer, todavía es prematuro para componerle un poema dramático por el sufrir de cuernos. Nada preocupante que ponga en jaque su salud de novicio traicionado. Seguro que cuando se consume la falsía, Carlos Manuel podrá reinventar el amor en otro asiento.

—Tal vez en otros mundos, fuera de este tan mezquino, engañador y cobarde.

—Roguemos, pues, para que este unánime recelo no caiga en un accidente de locura o en males de tragedia.

—Ahora que hablas de cobardes, ¿qué me dices de lo de la alpargatería?

—¿Lo del añorado Regino?

—Eso mismo. Una manada cómplice de sátrapas gananciosos y una beata ponzoñosa se apoderaron del timón cuando empezó con los amaines. Le expoliaron todas las entrañas, los hígados y todas esas vísceras comunes mientras el triste agonizaba de miedo. Los había considerado siempre como buenos pupilos, tratándoles en consideración estimable, y los judas se le cruzaron en el camino para beneficio antes de expirar. Un bajonazo terrible. Les debe venir de estirpe a esta quincalla, vasta cohorte de bufones y pícaros.

—Entiende que las maldades, cuando no hay propósito de enmienda, terminan siempre por saldarse.

—Ya, pero cuando veo esas ruindades, me pregunto de qué pasta está hecho el género humano.

—Para muchos de pasta de billetes. Tan baja es a veces la condición humana.

—Cambiando de aire, ¿te gustan las palomitas?

—¿Las de maíz?

—No, las que vuelan. Sumergida en romanticismos, te comento que amo las blancas y mensajeras.

Palomita blanca que volás
con un ala no volás, con dos volás...

—Ingeniosa estrofa.

—Siempre tuve alma trovadora. La aprendí en un tugurio de mala monta, justo a lomos de un rezagado arrabal de clima inquietante al sur de Buenos Aires. Allí, donde un errante indefinible enhebraba con aire de delirio viejos cancioneros y poemas de Homero Manzi, Benjamín Tagle, Paco Infante y del sorprendente Andrés Gorostola.

—¿Y cómo concluye la estrofa?

—Bueno, si me respeta la memoria, sospecho que se articulaba de la siguiente manera:

Palomita blanca que volás
con un ala no volás, con dos volás.
Con dos volás, no con una,
volás, volás, volás hasta el cielo,
no te embroques pelandruna
en batir solo una.
Porteña eres de cuna
y la luna que te acuna
entre juegos y quimeras
te ruega ahueques ya…
la otra una.
Palomita blanca que volás
con un ala no volás, con dos volás.

—¡Bravo! Eres una extraordinaria poetisa. ¿Has escrito más versos?

—Bueno, solo algunas pobres composiciones de arrullos y desamores, nada trascendente.

—Nora, no nos llamemos a engaño. La señora Delfina tiene aire de aparecida. No digo de ultratumba, pero sí de vana imaginación. Resulta extraordinario fabricar personajes como antídoto contra el fuego del encierro. Como se diría en psiquiatría de adultos, la señora Delfina experimenta un desvarío mental con fuerte orientación solipsista. Un paradigma complejo de neurotransmisores y mecanismos de autodefensa contra el conflicto intrapsíquico de las mocedades.

—Tan sencillo como eso, señora. Tan sencillo como que la señora Delfina me acaba de cautivar. Con esas hechuras de cortejo prietas y afectivas. Con ese manual tan personal de psiquiatría al uso. Siempre con la verdad y la realidad como juego dual transitando con distracción sobre el caudal de sus hombros. Ingresando familiarmente en las tertulias, con sus disparatados personajes, como preludio al secretismo didáctico, al redentor, apocalíptico y embriagador éxtasis.

—¿Tú no crees que la señora Delfina recuperaría la cordura si tomara alguna dosis de bálsamo de Fierabrás?

—Lo que realmente creo es que la señora Delfina huye de la especie humana como alma que lleva el diablo. No se fía de nadie, solo de sus inventos, con los cuales se hace convivir.

—Ahondando en las moscas, ¿sabes que las de los desvanes son grandes aventajadas?

—Lo ignoro.

—Aunque parezca un equívoco, estas moscas son tan talentosas que consiguen cazar al vuelo las ideas gravitatorias de los humanos en tan solo décimas de segundo. Se trata de un resoluto francamente prodigioso en el reino de los animales invertebrados. Además, es de saber que otras, conocidas como vulgares, sostienen el mundo con el trepidar de sus continuos aleteos, que gracias a ellas el globo en que vivimos gravita por el universo mantenido por la propulsión de sus hélices. De esta forma, estas gentiles criaturas evitan desplomarnos al abismo planetario.

—A partir de ahora, deberé prestarles más atención y, cuando esto suceda, las animaré con entusiasmo para que no cejen de remar en el aire.

—¡Ánimo, mosca, no te poses! ¡Sigue volando que me caigo!

—Cambiando el viento, no sé por qué te cuento esto ni a santo de qué, pero cuando tiendo la ropa, entre pinza y pinza, me viene siempre a la mente mi pasión irresistiblemente victoriana.

Siempre me cautivó esa reliquia de época, tan sofisticada, ecléctica y romántica, con esos papeles pintados de rayas verticales y esos estampados tan lucidos en los pesados cortinajes. Personajes apuestos y estirados, enredados en tertulias de té, donde los cotorreos de salón transitan a galope de caballo por medio de las salas. Aquellas madamas con cinturas de avispa, amoldadas por el embrujo de ceñidos corsés, embutidas en miriñaques y polisones trasparentes. Aquellos ataviados con vestidos de franela o terciopelo, con camisas blancas de cuello levantado, con chaleco corto y chaqueta de doble botonadura. ¡Ay, si yo pudiera hallarme en esa época! Sería realmente dichosa. Mi ensoñación me lleva en ocasiones a tender ropa victoriana sobre las cuerdas trancadas a mi ventana. Pasado un suspiro, consigo sobreponerme de la ensoñación. Enfrente atisbo la maldita realidad, una ristra de camisolas insulsas y una ropa interior de corte demasiado audaz.

—Cambiando el viento, a mí la relación de Manoli, la hija de Manuel y Manuela, con Carlos Manuel me evoca a un ambiente sublimemente victoriano. Aunque no es prudente enjuiciar a los demás, circunstancia sutil que trato de evitar siempre a toda costa, me parece una relación decimonónica, solemne y rancia.

—De victoriana nada. Estos dos son tan aburridos que duermen hasta a las moscas más gesticulantes.

—¿A cuáles?, ¿a las de los desvanes?

—Definitivamente, a todas. Incluidas a las tsé-tsé.

—¿Cuándo nos podremos dejar de absurdos?

—Intuyo que nunca. Carezco de cualquier ataque de pudor. Y si me estás tratando de loca, te digo que ni siquiera soñolienta.

—A ratos me pregunto si es sano hablar tanto de los demás.

—No lo sé, pero creo que si no existiera la envidia, la felicidad sería contagiosa.

—Esa frase me gusta. Seguro que es de un filósofo consagrado.

—Apuesto que sí.

—Qué ocurrente eres.

—Como sigamos elucubrando, vamos a acabar como la Aurora.

—¿Como su prima?

—No, como el rosario.

—Hemos llegado ya al final.

—No. No existe el final. No hay principio, ni siquiera desenlace, tan solo percepciones, sensaciones de tránsito. No hay nada. Ni tú. Ni yo. Nada de nada.

—Cambiando el viento, mira quién aparece por aquella esquina.

—Ahí están. Son los hombres de blanco.

—Vienen para la requisa.

—Mira el de atrás, qué guapo y esbelto. Me resuena a Carlos Manuel.

—¿Sabes? Lo más afortunado de todo es que nos han confeccionado unas nuevas camisas de fuerza.

—¿De corte victoriano?

—No, de fantasía, alegres y selectas, confeccionadas con ramas de acebuche, de hojas de enredadera y escamas de sirena embutidas en plumas de avestruz. Para más inri, acuñadas por la celebérrima maraca de Ralf Laurent.

—¿Será de la marca?

—No, tonta, de la maraca, como nosotras.

—¿Se puede saber qué mosca te ha picado?

—¡Será la de la locura? ¿Será esa?

—Pues claro.

Tan sencillo como eso, señora. Tan sencillo como eso.

El insólito caso acaecido entre el cándido y su nevera

Donde reina el amor sobran las leyes.
Platón

Un extraordinario suceso acaeció hace unos años en un lugar remoto llamado Milagrosa, una parroquia escasa de alrededor de cuatrocientas personas situada en los términos comarcales del noroeste de las tierras altas de Castilla. Así lo atestiguaban con meridiana precisión las noticias difundidas a bombo y platillo por mi caduco transistor de sobremesa aquella madrugada de finales de diciembre del año dos mil. Con la curiosidad crecida y al objeto de arrojar un rayo de luz en la trama, me encaminé raudo a las oficinas de la emisora con el firme propósito de corroborar la veracidad de tan insólita crónica, al ser emitida en un día tan manifiesto como es el de los Santos Inocentes. Fecha nada menor y célebre por la costumbre ancestral de confundir a la colectividad expandiendo bulos, embustes y burlonas falsedades de lo más variopintas, con el fin de enturbiar la ingenuidad de los otros, pero siempre de una manera jocosa e inicua.

Por insólito que pudiera parecer, el mismo director del programa me aseguró con aire severo que la noticia citada era la única de todas las emitidas en el programa radiofónico de aquella jornada que gozaba de plena veracidad. Y es que un hombre, sí, un ser humano de carne y hueso se había enamorado ciegamente de una encantadora, agraciada y gélida nevera de acero. Tan natural como el que se chifla por la vecina de arriba, la compañera de baile, la cajera del supermercado o la peluquera de la esquina.

Tanta curiosidad mostré en la trama que el director tuvo por menos que claudicar y mostrarme fielmente la historia de aquel sujeto que de por sí ya comenzaba a llenarme la curiosidad de mera fascinación.

Parece ser que la mujer de este respetable y probo ciudadano tuvo que reprimirse durante años en relatar lo que acontecía cada noche en la cocina del hogar por si al marido lo daban por silbado. La cuestión era que al duermevela, entrado ya en años y con apariencia corriente, se le fue la afición de levantarse a medianoche y, linterna en mano y con aire soñoliento, contemplar ensimismado la figura angulosa de su gélida nevera, como el que contempla en el horizonte una notable puesta de sol. Estoicamente, frente al armatoste de congelación, transitaba el resto de la noche hasta que los rayos de sol le anunciaban el regreso a la realidad.

Gravemente preocupado por el estado de salud de su nevera, don Arturo, que así se llamaba el hombre, no dejaba pasar la temperatura del congelador de los cero grados centígrados, pues deliberaba que la resta de termómetro podría causar resfriados, achaques o destemples inoportunos que pondrían en jaque la robusta salud de su encariñada. La mujer de este buen señor, advirtiendo que los alimentos resguardados mermaban sus propiedades primigenias, no cejaba en achicar los grados, mientras que el marido, acalorado, remontaba la temperatura con desesperación hasta conciliarla a cero grados. Y así día tras día, hasta que una noche la mujer, presa de su asombro, tuvo que claudicar al contemplar la escena que paso a relatar, tal cual me la participó el director de la estación de comunicación.

El cándido, tras quebrar el sueño y escapando del rigor de horarios, en el conticinio de la noche cuando el mundo entero acostumbra a dormitar, de nuevo se encontraba en su mundo abstracto, con la mirada ensimismada y fija en su nevera, con un embelesamiento místico que, de repente y ante el estupor de su mujer, se transformó en trance, en un éxtasis de amor, que no de locura.

Frente a su idolatrada, se le oyó exclamar:

—¡Cariño! ¡Por fin nuevamente solos!

Pronto, como encantado, comenzó a levitar por el aire de aquí para allá de manera anárquicamente insultante. El cuerpo de don Arturo navegaba a la deriva como un cohete suspendido en el espacio, desafiante ante la inasumible gravedad en posturas novelescas. Giraba en tirabuzones, se precipitaba en tramos cortos de manera acrobática o con asombrosa urgencia se restablecía en un movimiento oscilante, ya fuera boca arriba, ya boca abajo. Describía diagonales, elipses, rectas en un tránsito de espacio vectorial de dimensiones inalcanzables, donde pareciera que estuviera descifrando la incógnita de una ecuación diferencial propuesta por el mismísimo Albert Einstein. Mientras, con remozo entusiasmo, no cejaba en enviar guiños, gestos amorosos y besos temerarios a la fuente de su insomnio. Un éxtasis, un trance de realidad atemporal, una comunicación de dos sustancias disímiles que solo las sandías, puerros y filetes eran capaces de descifrar. Sumido en episodios de bilocación acompañados de ciertos estigmas, don Arturo parecería que hubiera llegado a alcanzar una regla o conducta monástica, o más bien una vía unitiva de los chistados comportamientos místicos. Aquella imagen en movimiento parecía, a veces, quedar congelada en un instante, en un momento, como atrapada en el metimiento de los confines de una postal o tarjeta de felicitación.

Fuera de estos episodios, o más bien gracias a estos inverosímiles trances espirituales, se aguardaba pacientemente a que la Santa Sede tuviera a bien su beatificación como san Arturo bueno y mártir, patrón de todos los congeladores y neveras de hogar. Mientras esto acaecía, el alzado no cejaba en recrear con su absurdo la oscuridad de la noche.

El destino del sabio

Solo el destino es capaz de predecir nuestra muerte.
José Luis Márquez Martín

Antes de que despuntara la mañana, Hugo ya se había desayunado de una sola tacada varios tomos requisados en la biblioteca universitaria del Paseo de las Musas. Cuando infantil engulló su primer ejemplar; no sospechaba que detrás de aquel renombrado *Platero y yo* vendría un sinfín de volúmenes más, de distinta época y género. El regusto que le dejó aquella obra de tan cándida lectura le hizo apasionarse de tal forma que la afición se le trastocó en algo inimaginable para cualquier mortal. Se nutriría para siempre del gusto perennemente agridulce dispensado por los libros. Ya no masticaría más pan. Nada de mojar en leche galletas con mantequilla y mermelada, ni sopas de estrellitas con crujientes picatostes. Ahora, el conjunto de células de su cuerpo sabría lo que era de verdad una comida saludable. Se sustentaría de las vitaminas contenidas en las palabras, los puntos, las comas, los paréntesis, acentos y, a veces, las comillas. Pensaba que papá y mamá se pondrían la mar de contentos con la decisión tomada, pues ellos siempre le habían inculcado hasta la saciedad la afición y las ventajas de la lectura para su formación hacia la edad adulta.

De un absurdo viviente e irreal, Hugo era de los que anteponían frecuentar lugares tan simbólicos como la Biblioteca Nacional, la Casa de la Sabiduría o la Villa de los Papiros a la oferta gastronómica del más sublime restaurante de cualquiera de las capitales que se preciara. Hacer para toda la vida de la afición bibliotecaria un santuario de peregrinación, donde las librerías fueran supermercados que le saciaran sus necesidades nutricionales. Esa era la consigna: ser un gustador de biblioteca. De ahí la correspondencia que desde la adolescencia mantenía con bibliotecarios de todo el mundo, con coleccionistas anónimos, con archivistas de cierto renombre que le proporcionaban exclusivos textos de hoy y de antaño.

Tanto embarazo de letras hacía que en ocasiones el intelecto se le aturullara y se le subiera por las paredes, igual que una serpiente reptando hasta lo alto de una enjuta rama de olivo. La capacidad de raciocinio le sobraba y la pedantería asomaba sin querer en cada uno de sus modales y en cada una de sus formas.

Con el transitar de los años, Hugo ya no pensaba en ejemplares de poco recorrido, sino en el atrevimiento de volúmenes que albergaban colecciones tan espesas como la *Enciclopedia Británica*, el *Liber de proprietatibus rerum*, el *Lucidiario* o el *Codex Vaticanus*. Un ser insaciable que no reparaba en glotonear todo volumen que se ofreciera a su magnético campo de acción. Un verdadero catador de biblioteca.

Hugo dio la orden al camarero de que le trajera un aperitivo sencillo, consistente en un pequeño poemario de bolsillo con estrofas reducidas de las cien mejores poesías en lengua castellana. El camarero afable le dispensó una tenue sonrisa y, raudo, se apresuró a cumplir con la original comanda. Las miradas de las mesas contiguas no se hicieron esperar, tratando de contener con discreción el disimulo. Hugo comenzó a deglutir con devoción aquel manjar de letras, relamiéndose el paladar mientras recitaba algunos poemas de Pablo Neruda, de César Vallejo, de Lorca y de Gabriela Mistral. Cumplido con el entrante, Hugo se aproximó a la mesa contigua, donde un grupo de traviesos no daban cuenta.

—Queridos —dijo a los pequeños comensales—, les invito a conocer a sus mejores amigos. Los libros serán sus fieles compañeros a lo largo de su existencia. No conocerán jamás su traición ni vilezas. Además, no entienden ni de pócimas nocivas, ni de adversos colesteroles, ni de malsanas grasas saturadas. Así que dispónganse a degustar cuanto antes tan sublimes manjares. Les sugiero iniciarse por un cuento o pequeño relato, porque con el caminar del tiempo, les vendrán las ganas insaciables por ejemplares más espaciosos. Les aliento, pues, a ensayar. Verán que no les defraudo.

Los retoños sonrieron ante la ocurrencia del extraño, sin más consideraciones que la ingenuidad contenida en sus oídos.

Al abandonar la escena y voltear la calle, Hugo, enfrascado en la delectación que suele cortejar al sabio, sintió una punción terriblemente exorbitada. Una bala desalmada, de gatillo desconocido, cruzó sus sienes haciendo saltar por los aires sus eruditos sesos de biblioteca. Sorpresivamente, de aquel cerebro desperdigado comenzaron a brotar millones y millones de grafías, caracteres y signos de heterogéneas trazas. Algunas de estas formas volátiles revolotearon hasta quedar suspendidas caprichosamente en el frontispicio de una pared vecina. El azar se encargó con tino de alinearlas hasta componer una frase burlona, aunque repleta de contenido, donde se podía balbucear: «Los crueles actos condenan al hombre hacia el abismo, si bien sus ideas virtuosas aspiran a perdurar en el paraíso».

Ese fue el definitivo y furtivo discurso de su noble pensamiento. Un último instante ilustrado que la fatalidad se encomendó indefectiblemente rescatar de su refinado y trizado universo.

Sobre el autor

José Luis Márquez Martín (Madrid, 1964) es licenciado en Derecho, está casado y tiene un hijo. En la actualidad reside en la isla de Gran Canaria. Aficionado a la lectura, a los viajes y a los deportes, es autor de la novela *Juan el difunto*, obra que destaca por su irónico ingenio y su humor surrealista. A su trayectoria literaria le sigue este conjunto de relatos, que lleva por título *Del ser, estar y parecer*.